ARDAVENA
Éditions

© Éditions Ardavena, 2022

Enfances occultes

Pascale Privey

Préface

Ce n'est rien... pas de voisine, pas de voisins, tout le monde a l'air parti, et alors ? Elle reprend son souffle.

Chrysalide.

Le corps du monde est un grand appareil dégingandé dont les membres partis peinent à mimer cette solidarité qui fît monde et veulent bien, sans qu'on y prenne garde, désigner telle béance où ils vont, épars, se croisant, butant sur, renversant, valsant comme on valse ivre au bal des anonymes.

Ainsi de la parole, ce corps toujours rapetassé de signification dont tel savant enchantement, si l'écriture y prend bien garde, disjoint les concaténations apprises, rapportant l'expression à sa nécessité foncière de dire le miracle d'une forme vicaire, d'une langue prophétique en tant que prothétique, palliant l'absence au lieu de l'expression de tout corps d'expression qui ne soit produit, en l'atelier même où il s'engendre, par une crâne volonté de reconstituer l'ordre « toujours déjà perdu ».

Il faut à ces constats, il faut à la passation de cette conscience de l'unité perdue de la révélation historique ou transcendante, un diorama, un décor : il faut au drame du morcellement ou de la partition sa fable, sa théorie d'images.

Il faut à celui qui « veut que dire enseigne » l'éclatement de toute chose en toute chose, de tout objet du monde en tout objet du monde, il faut à celui qui veut dire le peu de poids des plénitudes apprises sur le choc des milliards d'atomes expressifs, trouver un exutoire dans tel apologue qui, sans peser -car seule la masse « retrouvée » pèserait-, figure comme en un trompe-l'œil taloché sur un soubassement de nuit pure, l'absence en tout d'un logos natif, d'une « nature » donnée.

Cet apologue, c'est celui du « branle » erratique, injustifié, du monde de la toile peinte appendue devant rien qui soit.

Par sauts, bonds et gambades, par une sorte de tissage funambulesque qui met l'écriture en scène de façon tautologique, c'est-à-dire qui la « fait l'enseignant », en en organisant le redoublement au moyen des variations puissamment chromatiques d'un petit monde comme de chiffon, de paille et de ficelle irisés de frais, Pascale Privey, aux pages qui suivent, un peu à la façon d'un Charles-Louis Philippe, d'un Francis Poictevin, d'un Joseph Delteil ou d'un Queneau, convie son lecteur à de petits spectacles allègres et saumâtres, cruels et doux, où la chair de « quoi que ce soit qui fût », où toute parole qui précédât l'engagement dans l'art, se voient soumis à « l'affreux rire printanier de l'idiot rimbaldien », à ce rire jaune à jamais suspendu entre angoisse folle et folle assomption.

Emmanuel Tugny,

1er novembre 2022,

Saint-Malo.

Chrysalide

Première partie : le hangar

1.

Elle a couru, Imane, jusqu'à ce que son cœur cogne si fort qu'elle a du bruit plein le crâne – en fermant les yeux on découvre un ciel de sang et de feu, rouge ! maintenant sa tête est chaude et la sueur ruisselle le long de son torse, et c'est joyeusement qu'elle se laisse tomber à genoux dans la poussière, à l'entrée de la cour, juste au pied du grenadier qui donne une ombre courte et changeante. Elle rit. Il est midi.

Elle devait rapporter deux énormes cruches, deux pesantes poteries bariolées que la voisine avait promis de prêter pour la fête de ce soir – mais de voisine, point. Les mains vides, elle en a profité pour remonter à folles foulées, et maintenant la joie comme l'inquiétude, aplanies par l'effort, ne l'énervent plus autant. Pas de voisine ? Ce n'est rien… pas de voisine, pas de voisins, tout le monde a l'air parti, et alors ? Elle reprend son souffle.

Ce qu'elle aime surtout, c'est la lumière. Parce qu'à la fois elle est blanche, elle s'étale en taches laiteuses sur tout ce qui se tend vers elle, et en même temps, au contraire, elle rend les teintes plus vives, comme lavées. Eau et lait… c'est agréable d'imaginer qu'elle se boit, la lumière, par cette chaleur. Elle se boit. Elle ricoche. Les fruits seront bientôt mûrs – des balles vertes, prêtes à éclater, luisant de soleil – de courtes auréoles liquides. Dès qu'on quitte l'ombre bleue de l'arbre, d'un bleu d'orage et de crépuscule, on sent les rayons sur la peau qui appuient… Le soleil d'août rebondit partout.

Elle devrait se dépêcher, elle en a bien conscience. Sa mère l'attend à la cuisine avec Marraine, qui est venue aider à préparer la réception, même si elle habite le centre-ville maintenant et qu'elle a dû prendre le bus pour atteindre son ancien quartier, périphérique et rural, et marcher, grasse et lente, jusqu'à la maison d'Imane qui est un peu en retrait, un peu en hauteur, au bout d'un chemin terreux qui rejoint la route principale, celle qui monte lentement, au sortir de la ville, vers les collines. Si Maman, songe Imane, avait eu besoin de sa fille dedans, elle ne l'aurait pas envoyée dehors… la logique maternelle est infaillible… pourtant, ne lui a-t-elle pas dit de se dépêcher ? Elle se redresse et vacille, assommée de ciel bleu, pose ses mains dans la terre moite, pense à se hâter, et s'attarde un instant encore à regarder le soleil couler partout. Tendant les bras, écartant les doigts pour dessiner des têtes d'animaux sur le sol, maintenant elle joue avec les ombres ; le soleil est au zénith, le chien que simule sa main lui aboie au ras des sandales, et le cœur qu'elle dessine ensuite en joignant le bout des doigts est d'une grande netteté – un cœur d'un gris mauve dans lequel elle décide de voir un présage, car le mauve est sa couleur préférée. Ah oui, se dépêcher… Elle a bien le droit de s'amuser un peu, de n'être pas tout à fait concentrée, non ? Cette fête qui se prépare… son frère Zaza se fiance ce soir. Plus que quatre heures, a dit maman, avant qu'il n'arrive. Encore quatre heures ! En écartant les doigts, quatre, on obtient une ombre en forme de couronne, à peu près. Présage ? Aussi bien, ce pourrait être une fourchette… Comme présage, ça reste convenable. Les deux familles, il faut se dépêcher, ont organisé ensemble un grand dîner presque sans se connaître, il y aura bien quarante personnes, il faut se dépêcher – quarante personnes ! tous les frères et toutes les sœurs les oncles les tantes et les cousins qu'on ne voit pas souvent… Plus autant de gens dont elle n'a pas idée… Et elle va danser ! Debout maintenant, les joues brûlantes, elle virevolte. Se dépêcher ? Ce soir elle sera belle ! Sa jupe brodée, couleur de grenade, dessinera, autour d'elle, un grand soleil flambant !

« Imane ! » Il y a de l'angoisse dans cette voix. L'adolescente se fige. Elle se précipite, honteuse, à sauts rapides de petite chèvre, en agitant ses mains vides.

La cuisine embaume la menthe, le thym, les épices et le fromage frais. De part et d'autre du grand évier de pierre orangée, les deux femmes, Maman en tablier bleu, Marraine en tablier jaune, préparent le repas des fiançailles : gâteaux, volailles, boulettes de viande, sauces crémeuses, raviers de houmous et d'aubergine confite, salades d'herbes, légumes hachés, gâteaux aux fruits secs dégoulinant de sirop parfumé, fruits finement émincés, galettes. La cuisine se remplit peu à peu de mets multicolores et d'odeurs alléchantes ; elles semblent faire tout à la fois, radieuses en même temps que concentrées.

Maman, pourtant, sourit machinalement, l'air ailleurs. Où sont donc ces cruches, Imane ? Il n'y avait personne, tout le monde a disparu. Les femmes, en silence, échangent un regard lourd, puis se mettent à parler des ennemis, comme toujours. Imane a l'habitude. La légendaire cruauté de l'Etat Reglamique… à force, la jeune fille les imagine très bien, armés et cagoulés, tous semblables, une troupe d'innombrables cafards aux gestes saccadés de robots, sur laquelle planent de noirs, de soyeux étendards, claquant mollement dans l'air chaud… Les fanatiques. Les ennemis. Elle frissonne, tend l'oreille. Cela fait bien deux mois qu'on raconte qu'ils arrivent. Le territoire qu'ils contrôlent n'est pas bien loin. On a même hésité un temps à déprogrammer la fête… à quoi bon : cela ne les aurait pas fait reculer, si ? Plus on attend, plus on risque.

Notre sort dans les mains de Dieu, entend Imane… elle se voit étendue dans le berceau de deux grandes mains… Son sort à elle, il lui semble, est entre les mains de ses parents, de bonnes mains douces, fermes et un peu calleuses. Rien à craindre de ces grandes paumes-là. Elle sent, cependant, elle ne saurait dire à quels impalpables signes, que les deux femmes sont plus anxieuses que de coutume.

Marraine regarde loin devant elle, par-delà la jeune fille et sa mère, loin au-delà des murs. Ses grands yeux noirs, immobiles, ne voient sans doute rien. La chaleur emperle le fin duvet fauve qui, vers l'oreille, couvre ses joues, d'une myriade de petites perles brillantes – qu'elle finit par chasser du revers de la main, l'œil toujours dans le vague. Elle n'a pas l'air d'aller, se dit Imane, elle est trempée, avec son poids elle a dû avoir du mal à parcourir la route qui mène chez eux, surtout par cette chaleur… Et pourtant elle vient dès qu'on lui demande, tout le temps… Pauvre Marraine, toujours si serviable, et toujours à se plaindre de tout. Prise d'un élan de tendresse, Imane tend la main – puis son bras retombe, car, à treize ans, cette gamine facilement gauche se sent trop vieille pour les câlins, mais pas assez pour faire des phrases.

« Imane, demande Maman, grande comme tu es maintenant, tu ne vas pas attendre que je te dise quoi faire pour aider ? »

Grande-comme-tu-es. Si ce n'est pas trop demander, elle apprécierait assez de devenir grande comme elle n'est pas, d'ici quelques mois ou quelques années… C'est insupportable, cette manie qu'ils ont tous en ce moment de lui répéter qu'elle grandit. Elle sait bien que ce n'est pas vrai, elle voudrait bien mais ce n'est pas vrai, même pas la peine de se regarder, elle n'a pas l'air du tout d'une adulte, elle ne peut pas en avoir l'air, elle est toute plate, une brunette maigrichonne au visage trop petit pour ses grands yeux noirs, des cheveux en broussaille et des joues de bébé, un nez qui ne sait pas encore quelle forme il va choisir... il hésite, le nez... il a le temps... Et puis cette incisive qu'elle a cassée, petite, dans l'escalier ! Il paraît que ça ne se voit pas, mais est-ce qu'il faut le croire ? Elle le voit bien, elle... Ils feraient mieux de lui parler d'autre chose que de ce à quoi elle ressemble... Elle a une mère magnifique, grande, bien faite, des yeux d'un vert trouble, un sourire irrésistible, et elle, elle ? Elle ne ressemble à rien !

Evidemment, Marraine s'en mêle :

« Tu devrais faire plus d'efforts pour te faire belle, Imane. Tu ne vas pas mettre ce pantalon tout taché, j'espère, ce soir ? »

L'adolescente lui lance un regard de reproche – qu'un souvenir mue en sourire. En prévision de la fête, Maman lui a donné sa grande jupe rouge qu'elle a toute brodée avant son mariage, et qu'elle mettait aux fêtes de famille et puis le jour du Nouvel An quand elle était plus jeune - avant qu'elle ne devienne trop petite pour elle... En revanche, elle était bien trop grande pour Imane, qui pourrait quasiment porter les pantalons de son petit frère Ocalan tant elle est chétive. Heureusement, elle coud très bien, vraiment très bien : elle a agrandi l'ourlet, repris la taille, et s'est fait une grande jupe qui tourne, tourne, et qui a l'air toute neuve. La jupe, au moins, est une réussite, et on serait bien inspiré de lui en faire compliment, d'autant qu'elle avait tout de même plus de prises sur le coton brodé que sur la croissance de ses os de bébé et le développement de ses seins. Elle a même fabriqué une poche secrète dans la ceinture pour y glisser ses trésors... ou juste pour le plaisir, ineffable, d'être la seule à savoir qu'il y a une poche. Plus tard, si elle n'a pas un mari riche... elle espère bien avoir un mari riche, beau, fort, gentil et riche – mais on ne sait jamais... si elle doit travailler pour les autres, elle se verrait bien couturière.

Maman s'est mise à découper des poulets. Marraine s'occupe d'un monceau d'abats, et chantonne. Imane, en pantalon boueux, prépare du taboulé. Les grandes sœurs, Noor et Gulan, la blonde et la brune, sont en train de dresser des tables dans la cour, les grands frères ont apporté les tréteaux et les planches hier, mais ce matin ils doivent avoir du travail chez eux, ils ne sont pas encore là. Ils travaillent dans le centre de Sinjberg : l'aîné, Afran, a ouvert une boutique avec sa femme Hana. Ils ont souvent tellement à faire, tous les deux, que c'est la petite sœur d'Hana qui garde leur fille, une petite de deux ans toute semée de fossettes et de boucles. Quant à Zaza, fiançailles ou pas, il ne va pas planter son patron comme ça... il est employé dans une pharmacie, et le pharmacien n'est pas commode. On pourrait s'en plaindre si ce travail ne garantissait pas d'avoir toujours à disposition les médicaments dont on a besoin ! Sinjberg est une ville excentrée, lovée dans un demi-cercle de collines désertiques, et les produits achetés à l'étranger y manquent un peu trop souvent.

Ocalan tourne sûrement autour de ses grandes sœurs, fasciné par les grandes nappes de fête, la vaisselle, tous ces préparatifs qui l'excitent. Dans un instant, espère Imane, il entrera dans la cuisine... A l'aune de la tendresse qu'elle éprouve pour son plus jeune frère, rien n'importe. Né neuf ans après elle, Maman était âgée déjà, Ocalan a d'autant plus l'air d'être le résultat d'un miracle qu'il est le seul à avoir hérité des immenses yeux verts de leur mère, d'une fraîcheur de trou d'eau, et plus limpides encore que le regard maternel. Un jour, quand elle sera grande, ce à quoi elle n'a pas tout à fait renoncé, Imane épousera un jeune homme porteur des mêmes yeux. Si une autre paire semblable existe... Est-ce que, ce soir, elle croisera des yeux aussi beaux ? Est-ce que ça existe seulement, d'autres yeux aussi beaux ?

Ah oui, un mari riche, aussi... ce sera compliqué.

Un bruit de moteur, un claquement de portières. Zaza déjà ? Il n'est pas l'heure... Mais ce n'est pas Zaza, ni Ocalan, qui entre dans la cuisine, c'est l'oncle Mazîn. Il halète et il transpire. Il a manifestement couru.

« Bêri ! » Il crie, et Maman se retourne, inquiète. « Bêri, ça y est, ils vont venir ! Rajo vient de me prévenir, la milice Youpez se replie, les troupes des fous de Dieu seront là dans une heure, grand maximum ! »

Imane n'est pas plus inquiète que ça, depuis des mois qu'on leur annonce que l'ennemi va faire irruption d'un jour à l'autre. Les hommes noirs ? Pourquoi pas des Turcs en turban ? Des hommes du Nord aux joues couleur de brique ? Des Huns assis sur leur propre steak ? Alors que le soleil est si brillant, la poussière si blanche dans la cour, et que la cuisine sent la menthe !

Maman n'a pas l'air de partager son muet optimisme. Elle demande des détails d'une voix blanche. Le fils de l'oncle, le cousin Rajo, est soldat. Il devait protéger Sinjberg avec ses camarades. Ils se replient ? Que va faire l'oncle ? L'oncle s'en va, et tout de suite. Il reste une place dans sa voiture.

Maman ne réfléchit pas une seconde. On dit qu'ils prennent les jeunes filles, qu'ils leurs font des choses terribles. Elle crie à Noor de rentrer, de préparer une valise. Mais l'oncle n'a pas le temps d'attendre qu'elle fasse sa valise, voyons ! Maman réunit, à la va-vite, un châle, un pull, un pantalon, des sous-vêtements. L'oncle s'impatiente tandis que Noor attrape le paquet que sa mère lui tend, un sac à provision plein de ses affaires en désordre, et son sac à main, son portable - Noor court chercher ses bijoux en or à l'étage, serrant ses affaires dans les bras. Maman lui glisse un billet, du pain, du fromage. Ses mains tremblent, et les mets s'émiettent un peu. L'oncle démarre alors que Noor n'a même pas refermé la portière.

Imane n'a aucune idée de ce qu'elle doit faire. Le four, devant elle, cuit lentement des gâteaux de fête. Son père est parti ce matin avec la voiture. Ocalan joue dans la cour. Maman téléphone, Imane ne sait pas à qui. Elle demanderait bien à Marraine, mais elle réalise soudain que celle-ci n'est plus dans la cuisine. Ni, semble-t-il, dans la maison. Alors Imane va dans sa chambre, préparer ses affaires et celles d'Ocalan. Elle fait un tas pour chacun. Vêtements, un jouet pour lui, deux même, son pistolet à bouchons et un petit cheval multicolore qu'elle lui a cousu dans des chutes de tissu. Une brosse à cheveux pour elle, son bracelet en or, qu'elle passe autour de son poignet, tant qu'à faire. Et puis quoi – comment savoir ? Un savon chacun ? Une serviette ? Où y a-t-il un sac ? Elle n'en a qu'un, elle fait comme fait souvent Maman, elle noue son châle en baluchon. Le sac sera pour Ocalan.

C'est idiot quand même, tout est prêt pour la fête – même sans les cruches ! On pouvait s'en passer, des cruches. Sur son lit, la grande jupe d'un rouge éclatant s'étale, déjà sortie du placard en vue de la soirée… Imane hésite, tentée, puis elle passe la jupe. Tant pis, c'est jour de fiançailles ! Dans la petite poche invisible, elle glisse la photo d'Ocalan qu'elle garde dans le tiroir du chevet, une simple photo d'identité prise en ville. Ses cheveux bruns sont bien coiffés, il sourit, il a une chemise propre, il est magnifique. Et comme ça il reste avec elle, contre son ventre – on ne sait jamais. Elle remplit le sac d'Ocalan, noue son propre baluchon, emporte les deux, retourne à la cuisine. Vite ! Les gâteaux vont être trop cuits. Est-ce que le sirop est bien froid ?

Maman ne réagit pas en voyant sa fille rejoindre la cuisine en tenue de fête. Elle a des larmes plein les yeux. Elle dit qu'il faut emporter des provisions, que Papa va venir les chercher.

- J'ai fait mon sac, dit Imane. Et celui d'Ocalan.
- Prends à manger, dit Maman. Et voilà de l'argent.

Imane empoche sans rien dire les billets. Elle a bien fait de se coudre une poche secrète, vraiment. Elle empaquette du fromage, du pain, des fruits – sa mère vient de sortir les gâteaux du four, alors elle les arrose de sirop.

- On ne peut pas les emporter, ça va coller partout, dit Maman.
- Je vais mettre la deuxième plaque au four, ça cuit vite, répond Imane, et elle s'exécute même si la plaque tangue parce qu'elle tremble un peu.
- Papa sera là d'ici vingt minutes, dit Maman.

Mais à peine dix minutes plus tard, Imane entend la voiture. Elle se précipite dans la cour. Ce n'est pas Papa, mais Afran et Hana, leur voiture chargée de paquets. Derrière eux, la petite sœur d'Hana a leur fille sur les genoux. Afran n'éteint pas le moteur. Il se rue à l'intérieur, criant que l'armée ennemie est dans la ville, qu'il n'y a pas une seconde à perdre. Ocalan, ravi de voir son frère, se précipite derrière lui. Maman dit que Papa arrive. Il sera là d'une minute à l'autre. Elle a déjà tout préparé.

« Il nous reste une place pour toi, Maman, dit Afran. Viens, on emmène Ocalan. Vite !
- Pourquoi Ocalan ? Emmène plutôt les filles, je peux attendre ! s'étonne Maman.

Afran échange un regard avec sa femme, dont la petite sœur, d'habitude très réservée, ne cesse d'embrasser leur fillette. Ils ont cru leur dernière heure venue, en ville. Ils ont pu s'échapper de justesse, croyant qu'ils seraient poursuivis – devant son magasin, l'armée noire est passée, et... laisser Ocalan est impossible :

- Devant le magasin, je les ai vus tuer Vian, tu sais ? Pour rien, comme ça. Dans les bras de sa mère ! Et ils riaient ! »

Le cœur d'Imane tressaute dans sa poitrine. Vian, fils d'un voisin d'Afran, jouait souvent avec Ocalan, qui avait son âge. Un enfant bruyant et câlin... Dans les bras de sa mère ? Elle tend le sac d'Ocalan à Afran.

« Dépêche-toi ! Emmène-le ! Maman, tu as tes affaires ? »

Elle a ses affaires, pas grand-chose, un petit paquet et les bougeoirs d'argent qu'elle glisse sous le siège d'Hana. L'auto démarre en trombe, Ocalan agite joyeusement la main en direction d'Imane, qui lui envoie des baisers. « Ocalan, sauve-toi, Ocalan, sauve-toi... » elle ne le dit pas, mais cela résonne dans sa tête, mi-formule magique, mi-prière.

Dès que la voiture est hors de vue, la peur prend Imane au ventre. Gulan et elle sont seules, maintenant. Sa grande sœur est très calme, elle est toujours calme d'ailleurs, c'est une chose que tout le monde remarque, même les élèves de l'école primaire où elle enseigne depuis la rentrée. Elle a tressé serré ses très longs cheveux pour ne pas être gênée pour cuisiner, et ses gestes sont aussi nets que sa raie. Elle vient de sortir la deuxième fournée de gâteaux, elle range tout méthodiquement, les nappes sont déjà repliées et attendent dans l'entrée avec la vaisselle de famille et des provisions. Il n'y en a que pour quelques minutes et Papa sera là. Gulan lui parle doucement. Elle n'a pas peur. Elle est si courageuse. Si posée, si raisonnable. Imane se rappelle qu'elle a eu un amoureux l'an dernier, mais le père n'en a pas voulu, et Gulan a accepté. Elle n'a même pas pleuré – Imane, en tout cas, ne l'a pas vue pleurer. Elle ne parle plus jamais de se marier, mais elle est restée aussi calme, aussi gentille qu'avant. Tellement forte. Imane se sent comme si elle avait six ans en face d'elle. Comme si Gulan était, pour elle aussi, la maîtresse d'école. C'est reposant.

Sur la route devant la maison, il n'est jamais passé autant de voitures qu'aujourd'hui. Pourtant leur père n'arrive pas. Et soudain, une odeur de brûlé se répand dans l'air tiède. Du côté de Sinjberg, montent quelques colonnes de fumée noire.

On est prête. On attend. Il ne se passe rien, alors on continue à attendre. Pour ne pas rester bras ballants sur le seuil, où les minutes s'étirent insupportablement, Gulan a décidé de cacher les choses précieuses qu'on ne peut pas emporter. Avec Imane, elle est en train de descendre une malle en bois gravé à la cave quand Papa arrive enfin, au volant de sa vieille guimbarde qui a bien vingt ans. Tout va très vite. Papa ouvre le coffre de sa voiture, les filles le remplissent des affaires qu'elles ont accumulées à la porte, elles montent, ils démarrent. En roulant, Il explique qu'il a voulu mettre Zaza en sécurité, et qu'il a perdu du temps à essayer de le localiser. Il ne sait toujours pas où il est, mais il espère qu'il a pu fuir le centre-ville. C'est tout de même possible d'avoir fui, puisqu'Afran y est arrivé. Ce qui est advenu de Zaza, cependant, Afran n'en savait rien non plus.

« Peut-être qu'il est parti avec la famille de sa fiancée, dit Gulan. On le retrouvera dans les collines. »

Imane essaie de se concentrer sur les collines. L'idée de collines. Il n'y a rien là-haut. Pas d'arbres, pas d'abri, pas d'eau. Comment peut-on être en sécurité dans les collines ? Il y a forcément une raison, même si elle ne la connaît pas. Peut-être que quelqu'un les attend. Et des chandeliers en argent, à quoi ça peut bien servir, dans les collines ? Ils n'ont même pas de bougies. Bon… Au moins, là-haut, ils seront tous ensemble. Ocalan est peut-être déjà arrivé ? Et Noor ? Elle est si jolie, Noor, de longs cheveux très épais semés de mèches blondes, des paillettes dorées plein les yeux - et elle a seize ans. Certainement ils auraient voulu la prendre et la garder, les fous – heureusement que l'oncle a pensé à l'emmener.

Il fait terriblement chaud. La voiture crachotte un peu, comme souvent. Elle laisse échapper derrière eux un nuage noir pas très rassurant, mais ça n'est pas la première fois, et elle n'est jamais vraiment tombée en panne. Pourquoi ça arriverait aujourd'hui ? Imane préfère ne pas y penser. Elle garde les yeux fixés sur la nuque de son père, ses cheveux noirs à peine grisonnants, coupés court, une bande de peau hâlée, le col taché de la chemise en dessous… elle est la seule à avoir puérilement enfilé son habit de fête avant l'heure, une heure qui ne risque plus d'arriver.

« Tu es jolie dans cette tenue, Imane ! On dirait ta mère en petit !» lui dit soudain papa. Mais Imane est sûre que c'est pour être gentil… ou même pour se moquer… elle se sent tellement stupide d'avoir mis cette jupe lumineuse pour s'enfuir… et puis soudain elle a très mal au cœur. Gulan la regarde en biais. « Tu vas être malade ? C'est la voiture ? » Non, ce n'est pas la voiture ! Elle a treize ans, pas six ! Et pourtant… « Regarde loin devant toi, et respire doucement », conseille Gulan d'un ton pédagogue. Imane fait ce qu'elle peut. Le soleil, heurtant verticalement la route, rend l'air sirupeux, les couleurs trop vives : elle se détourne, des larmes plein les yeux.

« Allez, l'encourage Gulan, encore un effort ! »

Imane se renfrogne, à quoi bon insister, quand on est un fardeau on reste un fardeau.

« Allez !

- Ça va, fiche-moi la paix, je suis assez grande pour regarder où je veux », grogne Imane, et elle tâte, au niveau du nombril, les gros billets que sa mère lui a confié.

« Ne te dispute pas avec ta sœur, Imane, elle essaie juste de t'aider, » intervient Papa. Comme Imane continue à bouder, mâchoires serrées, il ajoute, taquin : « c'est vrai que tu grandis, mais qu'est-ce que tu veux, tu seras toujours notre bébé… » Il essaie sûrement de la faire sourire, mais au contraire ce sont des larmes qui lui montent au coin des yeux… et puis soudain une bouffée d'angoisse :

« Gulan ! Tu as sorti les gâteaux, mais est-ce qu'on a bien éteint le four ? »

Gulan, tranquille comme d'habitude, la rassure. Tout est en ordre à la maison. Tout est en ordre sur la route. Leurs affaires les plus importantes sont dans le coffre. Les gâteaux aussi d'ailleurs, on les mangera ce soir, quand on sera arrivé. Son baluchon est sur ses genoux, avec une chemise de rechange, deux culottes, une brosse à cheveux, à boire et à manger. A boire, presque plus d'ailleurs… il fait si chaud dans l'auto. Qu'importe.

La famille est en sécurité. Tout est en ordre. Mais les larmes d'Imane continuent de couler. D'ailleurs, elle persiste à avoir peur d'avoir laissé le four allumé. Ce n'est pas possible qu'il ait été éteint, il était encore chaud quand elle a quitté la cuisine, elle en est sûre. Elle se le rappelle. C'est dangereux. Si la maison brûlait ? Si tout, tout, tout brûlait ? Le four… quelle incapable elle est… Alors Gulan se rapproche de sa sœur, la prend dans ses bras, et Imane se laisse aller… au bout de quelques minutes, elle dort profondément, la bouche entr'ouverte, bercée par le moteur de la vieille guimbarde paternelle.

Un coup de frein la réveille en sursaut. Devant la voiture, une longue file de véhicules, pare-chocs contre pare-chocs, vaguement en quinconce – et sur les carrosseries, le soleil ricoche, plus éclatant que les feux stop qui ponctuent de points rouges l'air poussiéreux. Ils sont donc si nombreux, les leurs ? Lentement, lentement, le convoi progresse cependant… la sueur coule dans le cou de Papa, sur les tempes des filles, malgré l'impression d'être bloqués c'est sans doute un goulot d'étranglement, là-haut, sur le plateau, il y aura de l'air et comme un goût de liberté… au détour d'un virage, la route apparaît, long serpent écaillé de reflets, des véhicules semblables au leur, des camions, des pick-ups, des voitures citadines, des breaks cabossés, presque tous blancs, lumière fondue, il fait si chaud, de plus en plus petits, rampant à l'infini, lents, lents, lents. Imane frissonne. Pour ne pas avoir trop peur, comme tout à l'heure elle regarde loin devant elle, mais il n'y a rien que des épineux, de la terre sèche, parfois une maison terreuse, qui semble vide. Est-ce qu'ils auront seulement assez d'essence pour arriver quelque part ? Il ne faut pas y penser… à force de ralentir, les voici arrêtés en plein sur la route, entre un talus et un terrain vague. Hébétée, elle balaie du regard les carrosseries que nappe l'agressive lumière d'août, les herbes sèches. « Qu'est-ce qu'on fait là ? » Une brève détonation lui répond.

2.

Ils doivent être une centaine qui remontent le long des voitures, le visage dissimulé sous une cagoule noire, un foulard crasseux, des espèces de fusils à la main, ou alors des mitraillettes. Ils ouvrent les portières. Ils crient. Ils seront bientôt là, impossible de leur échapper.

Les voitures sont pleines. Ils forcent les gens à sortir, en hurlant, sans les toucher, comme dégoûtés. Jeunes enfants que leurs mères serrent contre elles en trébuchant, adolescents interdits, vieilles femmes impassibles, quadragénaires aux yeux inquiets. Du bout du canon de leur arme, les hommes sans visage les poussent vers leurs collègues, en troupeau. Ils avancent. Plus qu'un instant.

Elle entend leurs voix maintenant. Elle ne comprend pas très bien. Elle a appris leur langue bien sûr, ce n'est pas la sienne, la langue des Youpez, mais de l'abricain, la principale langue de son pays, celle de Marraine aussi – même si Marraine mélange les langues, à force, comme toute la famille mélange les langues en parlant avec Marraine... seulement ceux-là ne parlent pas comme ici, elle ne reconnaît pas bien les mots, leurs voyelles sont étrangères, comme déformées. Après tout, qu'est-ce que ça change ? Elle pourrait bien comprendre tous les mots, la scène n'en aurait pas plus de sens...

Le long des voitures, leur convoi remonte lentement, houspillé par les soldats. On n'entend que les ordres aboyés et les pleurs des enfants. Au bout de la file de voitures, il y a un barrage, et plusieurs camions militaires, comme ceux dans lesquels on transporte le bétail, mais d'un vert terreux.

Imane a marché sans rien voir, serrant son baluchon contre elle. Est-ce que Maman et Noor sont dans la foule ? Elle n'ose pas chercher. Elle a toujours mal au cœur. L'air trop chaud oscille, liquide, au-dessus du goudron brûlant. Les pieds soulèvent des nuages de poussière claire, ils sont si nombreux. Elle a de la poussière partout, même dans les yeux. Où est Gulan ? Où peut donc être leur père ?

Les hommes masqués hurlent et gesticulent. Elle suit les autres femmes. On la fait monter dans un camion. Gulan n'est pas avec elle. Imane essaie de ne pas céder à la panique, de respirer calmement, calmement. Où est Gulan ? Où est leur père ?

Certains soldats, remarque-t-elle, n'ont pas de cagoule. Des poils et deux yeux fixes, noirs et fixes. Leur visage impassible n'a même pas l'air méchant. Il n'a aucun air, pense-t-elle, ce n'est pas un visage, peut-être un simulacre de cire, une hure de bête sauvage, une tête velue, aucune expression. Cagoule ou pas, ils n'ont pas de visage, non...

Les hommes sont réunis sur le bas-côté. Maintenant ils trient les enfants un à un. Les garçons doivent soulever leur tee-shirt, ouvrir leur chemise. Elle reconnaît Abel, qui était avec elle à l'école. Un petit crétin joufflu, à l'époque, qui lui tirait les cheveux en braillant qu'elle devait lui obéir et qu'il était plus fort qu'elle. Il a changé, il a grandi, et il arbore un fin duvet noir sur les joues maintenant, inégal, comme un gribouillis sale. Il lui semble que ceux qui sont poilus, d'ailleurs, sont envoyés avec les hommes. Les plus glabres obtiennent le droit de se hisser dans le camion, les uns aidant les autres. Une question de poils ? Ça n'a pas de sens.

Tandis qu'ils s'entassaient sur la plate-forme, elle n'a pas vu la file d'hommes s'ébranler. Ils sont au milieu du terrain vague maintenant. Elle croit reconnaître la silhouette de son père, mais comment être sûre ? Ils sont de dos. A genoux, mains sur la tête. Abel aussi. Le camion démarre, et Imane, qui vient de comprendre, détourne brusquement la tête, moins pour ne pas respirer la poussière que pour essayer de ne pas voir, de ne pas savoir, que les rafales qu'elle entend fauchent des êtres vivants, l'amour de son père, le rire satisfait d'Abel, la vie des siens.

Chez les Youpez, on dit qu'un ange aux plumes de paon est descendu du Ciel, envoyé par Dieu pour calmer les tremblements de la Terre, et répandre sur le monde les couleurs chatoyantes de sa queue. L'arc-en-ciel. La vie. Les yeux d'Ocalan. Les jupes rouges et les pistaches vert jaune. Le bleu de ce ciel trop lumineux. Tandis que pour ne plus rien voir, ne plus rien savoir de ce qui est en train d'advenir, elle le fixe, des larmes lui viennent aux yeux. Ces hommes cagoulés de noir n'appartiennent pas au monde qu'elle connaît. L'ange ne les a pas touchés de ses ailes. Ils sont la Terre qui tremble et gronde, mauvaise, sans fin elle gronde.

Le trajet n'a sans doute pas duré très longtemps. Le camion s'est arrêté devant une sorte de grand hangar délabré, suivi de deux autres camions. On décharge les femmes et les enfants dans la cour, sans hâte. On les pousse vers la grande porte, un rideau métallique à moitié soulevé. Devant cette porte, plusieurs soldats attendent à côté de grandes corbeilles vides. Où peut bien être passée sa grande sœur ?

Gulan, à vrai dire, n'est pas loin. On l'a poussée vers un autre camion, mais elle a suivi la même route qu'Imane, dont elle a vu démarrer le groupe. Elle est inquiète, cependant. Non seulement du cours que vont prendre les événements pour ses compagnes et elle, car elle en sait assez pour ne rien espérer – mais encore à l'idée de ne jamais, peut-être, revoir sa petite sœur. Rien ne prouve, en effet, qu'on les mène au même endroit. Elle se méfie.

Au contraire d'Imane, Gulan a écouté avec attention tout ce qui s'est dit, autour d'elle, sur la troupe sinistre qui vient de les capturer – et ce n'est pas rassurant. Elles n'ont certainement pas encore tout vu... ils sont nombreux, très nombreux, ils occupent un territoire immense, et ils sont encore plus méchants que nombreux, et sûrs d'eux, tellement sûrs d'eux. Tombée entre leurs mains, elle est certaine de ne plus devoir compter que sur elle-même. Elle essaie d'enregistrer autant d'informations que possible ; à quoi ressemble le paysage, de part et d'autre de la route ? Quels véhicules conduisent ces hommes – saurait-elle les utiliser, puisqu'elle a appris à conduire ? Il y a peu de chances, bien sûr... mais elle essaie, du plus fort qu'elle peut, d'imaginer une solution.

Un peu plus tard, lorsque Gulan descend enfin du camion où on l'a fait monter elle aussi, la cour est déjà noire de monde. Il y a des soldats partout, et les prisonnières sont rangées les unes derrière les autres, certaines entourées d'enfants. Leur colonne avance lentement vers un absurde hangar de tôle grise, tout seul au milieu d'une étendue de terre sèche que quelque épineux hirsutes rendent encore plus hostile. Sur le fronton, la trace délavée d'une enseigne illisible : quelles denrées, quelles marchandises ont bien pu être entreposées là ? Ce n'est pas bien important, elle n'a personne à qui demander de venir la chercher. Si seulement elle arrivait à localiser

Imane... elle scrute la foule agglutinée devant elle, tentant de repérer la jupe rouge de sa sœur, à défaut de sa tignasse noire trop semblable à celle des autres femmes. La plupart ont des fichus de couleur, cependant. Un fichu, ce serait plus facile à identifier... Gulan a la chance d'être grande, son regard passe par-dessus bien des têtes. Et elle voit.

A l'entrée, deux vigiles patibulaires arrachent les bijoux des cous, des poignets, des oreilles même. Ils confisquent les sacs, les vident de ce qu'ils contiennent de plus précieux, l'argent, les téléphones. Gulan glisse le sien dans ses sous-vêtements, mais ça fait une bosse – alors elle retire la carte SIM du téléphone, le referme, coince la carte dans son soutien-gorge, sous le bras. Ce sera toujours ça. Elle connait les numéros des siens par cœur, mais si elle ne peut pas payer un appel... Elle retire discrètement sa chaussure, y fait tomber la chaîne d'or qu'elle porte au poignet, puis elle se rechausse, l'air de rien.

Quand Gulan relève la tête, Imane est entre les soldats, toute menue dans sa grande jupe rouge. Elle marche voûtée, une main sur le ventre. Sa grande sœur aimerait la serrer dans ses bras, lui dire de ne pas avoir peur, de se détendre, que tout va aller bien – quoiqu'elle soit tout à fait certaine que rien n'ira bien. Tout ce qu'elle souhaite est que les autres aient réussi à fuir, à prendre la route avant que les soldats ne la ferment. Ils avaient de l'avance. Imane et elle, elle le sent, elle le sait, vont devoir serrer les dents, faire le dos rond, ruser. Combien de temps ? Voilà des semaines qu'elle a peur, des semaines qu'elle les attendait. Quand on a un cousin soldat, c'est facile de savoir qu'il a été engagé tout de suite, presque pas formé... au vu de ses faibles connaissances en matière d'armement – Gulan, curieuse, l'a interrogé – il ne devait pas y avoir une armurerie bien conséquente à sa disposition... Piètres défenseurs, qui compensaient leur impréparation par des rodomontades ! Qui pouvait croire qu'ils feraient le poids, ces rouleurs de mécaniques ? Dans les premières voitures de fuyards, ce sont eux – et avec leurs pauvres armes, encore.

La jeune femme s'est toujours intéressée à l'actualité. A l'histoire. A la façon dont vivent les gens ici et là, à ce qu'il faudrait faire pour qu'ils vivent mieux. Elle est devenue institutrice précisément pour cela, parce qu'il fallait quelqu'un capable d'offrir à ceux avec qui elle vivait une vision plus large du monde, et des outils pour y évoluer. D'abord elle envisageait d'enseigner à l'université, de faire de la politique, de devenir interprète… tant de carrières possibles, ça lui donnait le vertige. Possibles, oui ! Bien sûr que personne ne l'avait fait avant elle, chez elle. Surtout pas les filles… Et alors ? Puisqu'elle apprenait vite, mieux, tellement mieux que les autres ? Puisqu'il existait des enseignants, des cours ? Ses parents n'étaient pas pauvres. Son père était fier d'elle. Il n'y avait qu'à essayer ! Puis elle avait rencontré Aware. Youpez comme elle, mais il venait de loin, elle n'avait d'ailleurs jamais bien compris d'où. Il était si secret, si enflammé en même temps. Il savait tellement de choses. C'est lui, par exemple, qui lui a parlé le premier de ces intégristes sinistres, persuadés d'être les élus de leur Dieu, prétendant non seulement appliquer à la lettre les textes sacrés, mais aussi être les seuls capables d'en deviner l'esprit, éliminant ceux qui ne leurs ressemblaient pas à coup de pierres, de sabre, de bombes, décapitant les hommes comme on coupe les blés, horde sauvage sur laquelle plane de lugubres drapeaux noirs !

Et maintenant – en juin, précisément – ces monstres avaient proclamé leur règne sur le territoire qu'ils avaient investi, et prophétisé que celui-ci allait couvrir la Terre. De cette folie, Aware lui parlait avec une espèce de fascination dérangeante, un dégoût qui confinait à l'obsession. Ils avaient donné chair à un mythe, une espèce d'Etat d'avant l'Histoire, d'à côté de l'Histoire, un monstre fait de cadavres cousus entre eux… D'eux non plus, les obtus surarmés, elle ne savait pas trop ce que pensait Aware, tout compte fait. Mais sur l'avenir de Gulan, il avait des idées auxquelles elle avait rapidement adhéré – devenir institutrice, parce qu'elle serait immédiatement utile, et puis ils se marieraient, ils auraient des enfants, c'est un bon travail pour une mère, leurs enfants seraient éduqués à la perfection, ils parleraient trois ou quatre langues, sinon davantage, parce que leur père allait devenir interprète – quoique sa langue maternelle soit celle de Gulan, il s'exprimait tout aussi parfaitement dans la langue de l'ennemi, se débrouillait plutôt bien en turc, et apprenait l'anglais, l'espagnol et le russe. Un avenir comme un boulevard, large et lumineux… et puis Papa avait dit non. Ce jeune homme impossible à cerner ne lui revenait pas. Il n'était pas de chez eux, mais surtout il n'était de nulle part. Il n'inspirait pas confiance. Et le père de Gulan avait commencé à pointer les contradictions d'Aware, celles que sa fille ne voulait pas voir, ses prises de position parfois incohérentes. Il la laisserait toute seule certainement, avec un travail pareil – seule, et pour le suivre elle aurait quitté leur quartier ? Même à Sinjberg, Aware ne trouverait pas à travailler, s'il voulait faire valoir ses innombrables compétences – il faudrait que Gulan s'en aille encore bien plus loin, hors du pays peut-être, et pour quel avenir ? Elle le savait, ce n'était pas facile d'être Youpez hors de leur région… même avec Aware à ses côtés… et sans lui, si jamais ? Non, ce n'était pas un parti envisageable. Aware, furieux de ce refus, n'avait pas cherché à convaincre Papa. Il avait proposé à Gulan de se voir en secret. Mortifiée, Gulan avait refusé, lui avait demandé d'expliquer ses plans à son père, de se plier à certaines de ses exigences, de s'efforcer de lui plaire. Au lieu de quoi, Aware avait disparu sans un mot d'adieu. Gulan n'avait même pas su ce que son père et son fiancé avaient pu se dire. Des amis communs lui avaient assuré qu'il était parti comme stagiaire à l'étranger, ils ignoraient où, dans quel domaine, tout.

Qu'est-ce que ça peut faire maintenant ? Au moins il ne sera pas tué d'une balle dans la nuque au milieu d'un champ. Qu'il soit sauvé, lui, fait naître en elle une amertume mêlée d'espoir, un sentiment qu'elle a du mal à démêler. Qu'importe… Gulan n'est pas du genre à décortiquer sans fin ce qu'elle ressent. Et maintenant qu'elle se trouve au milieu d'une esplanade poussiéreuse, un petit sac à moitié vide à la main, à attendre qu'on veuille bien l'enfermer, il est encore moins temps de s'attendrir.

Ses yeux furètent à droite et à gauche, discrètement. Il y a beaucoup de femmes mûres, des enfants, mais surtout des jeunes filles, des jeunes femmes. Quelques femmes âgées. Elle reconnait quelques personnes, une mère d'élève, une commerçante. Pas d'hommes, à part les soldats. Où sont d'ailleurs passés les petits garçons ? Elle ne voit que des femmes et des fillettes. Des bébés mâles, peut-être ? Personne n'a l'air malade, ni ne boîte… pas de cane, de fauteuil roulant. Bien sûr, ce n'est pas très courant, un fauteuil roulant. Mais n'ont-ils donc arrêté personne qui ne puisse pas se tenir debout ? Les vieilles femmes courbées en deux, il y en a une par exemple qui vivait en face de l'école et que ses enfants portaient devant chez elle tous les matins, est-ce qu'elles ont fui plus vite que les autres ? Des bouchers, voilà ce qu'ils sont. Des bouchers ! Les forts, les faibles, les sans défense comme les plus dangereux, ils les exterminent. Le meilleur de l'homme, pour eux, c'est de la vermine ! Ils tuent, ils tuent, ils tuent ! Et si satisfaits ! Il va falloir se serrer les coudes, être digne, être noble. Valoir mieux qu'eux ! Evidemment qu'elle vaut mieux qu'eux, qu'ici toutes, et tous, valent mieux qu'eux.

Le soldat qui la fouille a l'air aussi las que ses voisines. Machinalement, il lui confisque son portable, le jette dans la corbeille. Est-ce qu'ils vont les utiliser ? Les vendre ? Les détruire, sûrement. Ces gens ne savent plus rien faire que détruire. Elle essaie de contrôler son souffle, de ne pas trahir sa colère. La colère d'ailleurs ne lui servira à rien. Tandis qu'elle pénètre dans l'obscurité odorante du grand bâtiment, que quelques vitres cassées très haut sous le toit n'arrivent pas à éclairer, elle n'a plus en tête que de repérer une jupe écarlate.

3.

Tandis qu'Imane, prostrée dans un coin du hangar, cherche des yeux la silhouette de sa grande sœur, espère et craint l'apparition de quelqu'un qu'elle connaît, des colonnes de réfugiés progressent à grand peine dans la montagne aride, assoiffées. Les voitures, bien sûr, n'ont plus d'essence depuis longtemps – il n'y a plus de route, de toute façon, où les faire avancer. Des petits enfants meurent déjà, leurs corps délicats vaincus par le manque d'eau. Les plus grands n'arrivent plus à marcher, les adultes n'arrivent plus à les porter. Ils s'efforcent, se relaient, trébuchent. Ils savent que la mort, derrière eux, s'étale comme une marée noire, menaçant de les engloutir s'ils ne se pressent pas assez. Il faut fuir. Encore, toujours. Fuir. Au bout du chemin, il y a forcément un bout, après les crêtes, au-delà des cols, on espère des secours, certains parlent de forces internationales, d'aide humanitaire, les autres écoutent même s'ils ne savent pas ce que c'est, il faut se convaincre d'être attendu pour réussir, encore, à avancer. Progresser, pas à pas, lentes caravanes bigarrées que peu à peu la poussière ocrée recouvre. Sur leur ville, à l'heure qu'il est, flottent d'orgueilleuses bannières noires.

Ce premier dimanche d'août, l'ennemi est entré dans Sinjberg, à cinquante kilomètres, à vol d'oiseau, de la frontière vers laquelle les fuyards se sont pressés. Les soldats de Réglam ont aussitôt commencé à assassiner, méthodiquement, les Sihites, les Hèbres, les Youpez, peuples qui habitaient les lieux. Les soldats ennemis veulent les terres, le pouvoir, pas les gens. Ils éradiquent. Ils s'enivrent de sang. Excités comme ils sont par leurs rapides conquêtes – ils ont tant d'argent, tout le pétrole des zones qu'ils ont envahies les arrose, ils sont bien nourris et surarmés – il ont très envie de s'amuser.

Tout cela, Imane ne le sait pas. Elle ne se demande pas encore si l'oncle avait emporté de l'eau, assez d'eau, plus d'eau qu'elle, si la belle Noor est couchée sur les cailloux ou logée dans une tente de fortune, si Ocalan a une chance de survivre, s'il est encore vivant même. Si Maman avance toujours, la bouche sèche, les pieds meurtris. Si elle pense à ses enfants. Si ses frères ont été arrêtés, sa petite nièce et sa mère parquées dans un camion comme le leur, si Afran est mort comme Abel et Papa d'une balle dans la nuque, si, fauché dans sa course, il s'est traîné sur quelques mètres avant de recevoir une deuxième rafale. Elle ne se demande même pas si Zaza a pu sortir de Sinjberg, s'il se terre dans une arrière-cour, si son patron l'a protégé, si ce patron aussi a été exécuté… elle ne se demande rien. Pas même pourquoi. Elle ne réfléchit pas. Elle cherche juste, d'un regard angoissé, l'apparition qui va la sauver.

Et Gulan, debout au milieu des femmes toutes assises, tourne les yeux dans sa direction.

Appuyées l'une contre l'autre, les deux sœurs se sont installées par terre, au milieu de centaines de femmes aux jambes repliées – de petits îlots familiaux, les enfants endormis avachis sur les genoux des mères et des grandes sœurs ; des filles isolées qui n'osent pas se parler encore. Il y a une vieille femme qui monologue d'une voix monocorde, une mélopée qu'Imane comprend mal, mais il est question d'un prix à payer, payer, payer. Est-ce qu'elle dit qu'on va leur demander de payer, ou que leurs kidnappeurs devront payer, ou qui donc ? Elle est troublée de ne pas savoir, mais bientôt elle n'entend plus, la lassitude est trop grande. Malgré la hauteur du toit, il fait, sous la tôle chauffée par le soleil estival, une telle chaleur que la tête lui tourne. Les odeurs humaines s'épanouissent, rances, épicées, organiques. Imane se rend compte que, dans la lumière déclinante, l'air est devenu brumeux. N'est-ce qu'un mauvais rêve destiné à disparaître ? Elle enlace Gulan et la serre fort contre elle, le nez dans la chevelure à demi défaite de son aînée, pour réussir à s'endormir.

Un bruit de ferraille la fait sursauter. Gulan, couchée en chien de fusil, dos à sa sœur, se redresse en même temps qu'elle. Le soleil matinal éclaire les lieux. Elles n'ont plus d'eau, la bouteille que l'aînée avait emportée est vide comme la sienne, les enfants autour d'elles semblent souffrir plus qu'elles d'ailleurs, et le cœur d'Imane se serre tandis qu'elle pense à Ocalan, à ses bras fins autour de son cou tous les matins jusqu'à aujourd'hui. Fermant les yeux, elle touche, à travers la ceinture de sa jupe, le petit portrait qui est comme un talisman. Elle est sûre qu'Ocalan sent, là où il est, une petite caresse furtive. Quand elle rouvre les yeux, une adolescente blonde lui sourit gentiment. Comment ne pas y voir un signe ?

Elles ont été réveillées par le roulement de la porte coulissante, à travers laquelle leurs geôliers leur ont apporté de quoi déjeuner : de l'eau tiède, du riz à moitié pourri. Sans doute des rations en trop qu'ils ne veulent plus manger eux-mêmes ? Il n'y a même pas de verres pour l'eau. La plupart des prisonnières ont tellement faim qu'elles mangent malgré tout, les mères essayant de réserver aux enfants les portions les plus présentables. Gulan mastique méthodiquement, espérant tromper la faim en mâchant plus longtemps. Imane avale une ou deux bouchées à contrecœur. Ce n'est pas qu'elle n'ait pas faim, mais elle n'arrive pas à déglutir. Elle finit par tendre son bol à sa sœur, qui refuse. La blonde jeune fille qui a dormi à côté d'elle a l'air de convoiter sa ration, alors Imane la lui offre.

Murina est très belle, la peau dorée, les yeux clairs, de grands yeux allongés d'un gris de nuage, voilés d'une brume inquiète. Elle habitait Sinjberg avec ses parents et ses deux frères. Elle ne sait pas ce qu'ils sont devenus, elle n'a pas été arrêtée sur la route mais chez elle, où elle les attendait. Des hommes armés ont défoncé la porte d'entrée. Elle s'était cachée dans le placard mais ils ont tout saccagé, tout retourné, ils l'ont trouvée. Elle ignore comment ils ont su qu'ils la trouveraient là. Est-ce qu'ils l'ont su ? En tout cas, dès qu'ils ont mis la main sur elle, ils sont sortis. Ils l'ont mise dans un camion, parmi d'autres filles comme elles, toutes Youpez, et ils ont roulé des heures. Elle a essayé d'appeler ses parents, mais personne n'a répondu.

- Ils ne t'ont pas fouillée ? Imane est sidérée.

- Ben non. J'imagine que quand on trouve quelqu'un dans un placard, on ne pense pas à le fouiller…

- Tu avais ton portable avec toi dans le placard ?

- Evidemment ! Puisque j'essayais d'avoir mes parents !

- Et le chargeur ? Demande Gulan.

- Non, pas le chargeur. De toute façon, je n'aurais pas pu le cacher dans ma poche.

- Tu as de l'argent ?

Comme souvent, Imane se demande où sa sœur peut bien vouloir en venir. De l'argent, à l'heure qu'il est ? Pour quoi faire ? Elle est bizarre, Gulan ! Mais Murina semble en confiance, et répond qu'elle a de l'argent, oui – un peu : elle peut même le donner à Gulan si elle trouve moyen de s'en servir, il y aurait eu de quoi acheter deux paquets de riz avant l'invasion… autant dire plus rien sans doute, maintenant que tout a été pillé ; d'ailleurs aucune denrée n'est plus à vendre autour d'elles – et certainement pas la liberté ! On ne sait jamais, souffle Gulan. Elle a l'air si sérieuse que Murina lui glisse candidement que l'argent est dans la poche poitrine de son blouson, sous le téléphone – mais Gulan promet juste de veiller à ce qu'on ne le lui enlève pas.

- Mais il marche toujours, ton portable ? Il capte ?
- J'ose pas regarder. J'ai peur qu'on me voie, et qu'on me le prenne.
- Va voir aux toilettes.

Il y a des toilettes en effet, à l'autre bout du hangar – un robinet, qui ne délivre, par intermittence, qu'un filet d'eau roussâtre, trois urinoirs, et deux trous pour faire ses besoins. Devant l'entrée, des dizaines de femmes font la queue depuis le matin. Pourtant elles n'ont quasiment ni mangé ni bu…

Murina se lèverait bien, mais elle a peur de laisser les filles et de ne pas les retrouver, maintenant qu'elles se connaissent. Gulan craint, si elles se lèvent toutes les trois ensemble, de ne plus retrouver l'endroit où se trouvent leurs quelques affaires. Quant à emporter leurs balluchons… trouveront-elle un endroit où se rasseoir ? Ce n'est pas que l'emplacement qui leur est échu soit bien confortable, mais au moins elles sont loin de la porte, et le soleil, par les étroites ouvertures du toit, ne tape pas sur leur tête. Ce pourrait être pire ! Elle guettera le retour des deux autres, et ira seule après. Ce n'est pas bien compliqué. Les filles se lèvent, ankylosées, et Murina laisse échapper un petit cri de surprise : la jupe rouge, sous les fesses d'Imane, est tachée de brun. Du sang ? Une blessure ? Imane comprend soudain, devient écarlate. Elle est adulte, ça y est ! Le mal au ventre, c'était ça ! Juste au moment où elle est tellement sûre de ne pas être grande, juste à l'instant où elle se sent si vulnérable, incapable de se débrouiller ! Ce devait être un secret qu'on glisse à l'oreille des mères et des sœurs, toute fière. Et maintenant, aujourd'hui, c'est juste être une bête, une sale, sur qui s'étale une souillure visible qu'on ne peut retenir. Comme si c'était le moment… Et cette drôle d'odeur… elle a tellement honte. Tellement honte ! Il n'y a pas de mots. Saleté de corps rabougri, qui ne sait pas se tenir… Est-ce qu'il ne vaut pas mieux se rasseoir ? Murina, très douce, prend sa main et la guide à travers leurs semblables en murmurant que ça arrive, à toutes ça arrive, il ne faut pas s'inquiéter.

*

Les deux filles sont revenues s'asseoir tout excitées. Le portable de Murina capte ! Elle a reçu un message de son père. Il est en sécurité avec sa mère et leur grand frère. Ils ont réussi à s'échapper par la route, manifestement. Elle ne lui a pas parlé, mais elle lui a écrit tout ce qu'elle savait, le hangar, les autres femmes. Il lui a dit de faire attention, de bien rester pure, que c'était l'essentiel. Qu'il lui fait confiance. Elle n'a pas répondu, c'est difficile en quelques mots. Elle préfère envoyer des sms, pour que personne ne l'entende, et pour que la batterie ne se décharge pas. A part celui de leur mère, Imane ne connaît aucun numéro par cœur ; Murina a donc envoyé un message à leur mère. On ne sait jamais, on aura peut-être une réponse. Sûrement une réponse, puisque le message est parti. Les portes s'ouvrent, le monde existe de nouveau, dehors. On viendra les chercher, les sauver. Des forces étrangères, nombreuses, ou bien des kurdes. S'il venait un soldat par femme, un seul, comment les soldats de Réglam pourraient-ils résister ? Imane ne pense plus au vêtement chiffonné glissé entre ses jambes, à sa jupe lourde et tout humide d'avoir été frottée, insuffisamment d'ailleurs, sous le filet d'eau terreuse des sanitaires. Elle imagine déjà que la porte s'ouvre à nouveau, cliquetant d'allégresse, un bruit de chaînes qu'on secoue. Quelqu'un va venir !

- Mais qui ? demande Gulan. Tu crois que les Américains vont se précipiter à cause de ton sms ?

- Mais… les gens gentils ! Les gens… justes ! Il doit bien en rester, ils n'ont pas tué tout le monde !

- Il doit en rester. Ils ne sont pas organisés, je pense. Et puis… franchement, il ne doit pas y avoir que des gentils. Par exemple, ils ont beau être forts, ces cafards, nombreux et tout, je me demande quand même comment on se retrouve toutes ici. Pas que les filles arrêtées sur la route… Toi, Murina, quelqu'un t'a dénoncée ?

Murina est interdite. En effet, pourquoi elle ? C'est vrai, ces gens qui ne la connaissaient pas, qui ont passé sa maison au peigne fin pour l'enlever… mais les autres aussi, non ? Qui sont les femmes qui les entourent d'ailleurs, comment ont-elles été choisies ? Des civiles, simplement ? Est-ce qu'il aurait suffi de dire qu'elles avaient la foi, la foi réglamique bien sûr, celle que les fanatiques prétendent partager, et elles auraient été libres ?

- Facile à dire… tu connais le Livre Unique, toi ?

Gulan a raison, facile à dire. Comme elle a élevé la voix, quelques femmes alentours renchérissent : elles n'ont pas envie, pour sûr, de se faire passer pour ce qu'elles ne sont pas. Dire à ces monstres qu'elles sont des leurs ? Quelle humiliation ! De quel droit les parque-t-on ici ? Elles n'ont rien fait de mal ! Elles n'ont combattu personne, elles, elles ne sont pas dangereuses, elles n'allaient même pas résister puisqu'elles fuyaient… Imane laisse ses voisines s'exclamer. Elle aurait su, est-ce qu'elle aurait dédaigné de se faire passer pour religmane ? Rien n'est moins sûr. C'est facile, après coup, de faire la fière… on a au moins ça… elle aurait pu demander à Marraine… Marraine ? Elle n'est pas comme ces gens, Marraine ! Elle l'aurait sauvée, si elle avait pu ! Est-ce qu'ils lui ont fait du mal, à elle aussi ? C'est bien facile de se persuader qu'ils ne font rien aux religmanes, tiens. Elle n'a rien à voir avec eux, Marraine… Imane promène dans le hangar un regard perdu. Est-ce qu'elle est si sûre que Marraine l'aurait sauvée ? Comment savoir ? Et puis ça ne sert à rien… Elle, personne ne l'a donnée, elle était dans un convoi, voilà. Sa lourde, gentille Marraine… Marraine de qui, d'ailleurs ? Tout le monde l'appelle comme ça, sans se poser de questions… L'adolescente se souvient brutalement des détails de leur départ – Marraine avait disparu, soudain. Ce rappel lui met des frissons électriques en travers du corps. Où était-elle allée, Marraine ? Que savait-elle qu'elle n'a pas dit ? Que lui avait-on fait qu'on n'avait pas su ? Aucun rapport avec son arrestation, pourtant ! Elle ne voit pas comment il y aurait un rapport ! Pas de rapport, pas de rapport. On devient folles, à essayer de comprendre.

On peut bien accuser tout le monde. On devient folles ! A quoi ça rime, de les entasser dans un hangar comme un troupeau ?

A cet instant, le grondement métallique de la porte couvre leur voix. Imane ne peut empêcher son cœur de bondir dans sa poitrine. Déjà ? Sait-on jamais ! Ils ne sont peut-être pas bien loin, les leurs. On les a menées ici en camion, d'autres camions peuvent les retrouver. Alors… se pourrait-il qu'ils soient là ?

Mais ce n'est que la relève des gardes. Ceux-là sont pleins d'allant ; au lieu de rester à la porte, ils parcourent les rangs, bombant le torse, écrasant de leurs semelles placides les jambes qui dépassent. Tandis qu'ils approchent du coin où les filles sont assises, s'installe un silence de plomb.
Ils ont vraiment l'air mauvais.

Par groupe de deux ou trois, ils créent dans la foule des femmes assises des allées régulières, à coup de cris, à coup de pied. Une jeune femme, frappée au visage du bout d'une botte, hurle en se tenant la figure. Sa lèvre saigne. D'autres ont pris un coup dans le ventre, dans le dos. Rapidement, des trouées rectilignes se créent devant eux, avant même qu'ils n'arrivent, ils ont l'air si méchant. Les mères serrent leurs plus petits sur leur poitrine, agrippent les bras des plus grands pour les empêcher de se trouver sur le passage des soldats. Devant ces hommes hargneux, la masse humaine se range comme de la limaille de fer aux abords d'un champ magnétique – grappes inquiètes, ramassées à terre, mais hérissées d'angoisse. En approchant d'Imane, un garde ricane. Elle ne peut s'empêcher de trembler de tous ses membres – si elle n'était pas déjà par terre, ses bras autour des genoux, elle tomberait.

L'homme s'arrête à quelques pas d'elle. D'une voix cassante, il ordonne à une jeune femme de se lever. Elle s'exécute, son bébé dans les bras. Il l'attrape par les cheveux, elle se débat. Il lui tâte l'épaule, puis la poitrine. Elle hurle. Il la gifle, éclate de rire, s'en désintéresse. Il a repéré Murina.

Son amie se lève lentement, la tête baissée, les lèvres serrées, ses cheveux blonds dans les yeux. Imane, à côté d'elle, remarque qu'elle serre si fort les poings que ses jointures sont marbrées de rose et blanc.

« Je vais te frapper, dit tranquillement le soldat. Je vais te faire des choses que tu n'imagines même pas, dans ta petite tête idiote. Je vais te traiter pire qu'une chienne. Tu es une chienne ! Une chienne galeuse, toute puante. Tu es une pourriture. Je vais te frapper… »

Il s'est excité à mesure, et joint le geste à la parole, l'attrape par la nuque et lui fait perdre l'équilibre. Ses yeux brillent d'une fièvre mauvaise. Ses lèvres craquelées se retroussent en un sourire carnassier. Tandis qu'il tente de soulever les vêtements de Murina, le garde qui arpente la salle à ses côtés le retient.

« Si tu la veux, tu la payes, sinon ne l'abîme pas ! N'oublie pas qu'on doit les vendre ! Si elle était pour nous, celle-là, tu crois pas qu'on serait déjà tous dessus ? Mais une jolie blonde comme ça, avec les yeux clairs, ça va chercher dans les mille dollars ! Au moins ! Imagine son prix, si elle est vierge ! On la vendra à un Saoudien ! On se paiera assez d'armes avec celle-là pour exterminer toute une ville de mécréants ! Elle va nous faire gagner la guerre, ta chienne puante ! »

Il a l'air d'imaginer des tas d'or, tellement ses yeux brillent, et son rire ressemble à un hoquet. Il se détourne de son camarade, s'adresse à Murina :

« Tu es vierge ? »

Interdite, elle hoche vaguement la tête, regarde ses pieds. Il hurle.

« Tu es vierge ? »

Elle murmure que oui. Il s'exclame à la cantonade que de toute façon, ils ont des docteurs, on ne les bernera pas, ils pourront vérifier. Puis il ajoute, le regard braqué sur la jeune mère au visage encore marqué de la trace de cinq doigts : « celles qui ne le sont pas, pas de mouron, on trouvera toujours quelqu'un pour vous acheter… sinon on vous utilisera nous-même, gratos, pas de gâchis ! » Il rit.

4.

Esclaves, alors. Scandale ! L'idée, pourtant, ne donne pas la nausée à Imane, ni même à Gulan : elles n'y croient pas, tout simplement. Elles n'ont pas arrêté d'être quelqu'un. Elles ont des buts à réaliser, leurs buts à elles, pas ceux d'un étranger. Chaque jour, tous les jours, elles se sont levées avec des buts, même aujourd'hui – survivre, joindre les leurs, les guider, être libérées.

Cependant… les mots que l'homme a prononcés, il les a laissés derrière lui en partant. Ils enflent, ils grondent, ils deviennent encore plus méchants que lui. Les monstres ! Nous vendre ? Nous vendre ! Un saoudien… les vierges ? Les blondes ? Nous utiliser ? Les vierges ? Les autres ? Les vierges, s'ils les vendent cher, on sait comment ils vont s'en servir, hein ! Mais les autres ? Et les enfants, les petites filles ? Les mères, vont-ils leur laisser leurs bébés, leurs petits garçons, leurs filles ?

Il n'est guère étonnant qu'elles ne trouvent pas de réponses : ces questions, leurs ravisseurs se les posent aussi. Pour l'instant, tout est encore à inventer. Dans quelques mois, en revanche, pour contrer le jeu de l'offre et de la demande qui, vu le nombre de captives, fait s'effondrer le prix de la femme, les autorités de l'Etat Reglamique publieront une liste des prix à pratiquer. Quiconque ne la respectera pas, comme de juste, sera passible d'être exécuté. Cette liste, certainement, fournirait aux femmes kurdes entassées dans ce hangar étouffant quelques réponses. Non, elles ne valent pas cher : quarante euros passé quarante ans, cent-dix entre dix et vingt. Au mieux, autant qu'one vache ou un cheval, en somme… Les petites filles de neuf ans cependant se négocient à nettement plus haut prix – voilà pour renseigner leur mère. Malgré sa petite taille et son air enfantin, Imane ne vaut pas plus que cent-dix euros, qu'on se le dise. A moins que… de quoi parlait donc l'ignoble personnage qui vient de les menacer ? Est-ce qu'il ne sait pas encore quelle est la règle ? Mais non. C'est que Murina est vraiment très belle, d'une splendeur qui ne fait pas débat, et si l'un des chefs de l'Etat Reglamique ne profite pas de sa position pour se l'offrir gratuitement, fort du droit immémorial de celui qui décide et force à obéir… alors, bien de luxe, elle sera vendue à un riche étranger, quelque part au Moyen-Orient, dans un pays que la guerre n'atteint pas, qu'aucun sauveteur non plus n'atteindra jamais.

Et Imane ? Malgré sa jolie jupe rouge plus si jolie, elle sait bien qu'elle n'est qu'une petite brune maigrichonne, pas une reine de beauté, encore moins une génisse qu'on mène parader aux concours agricoles. Va-t-on vraiment la vendre ? Et Gulan, grande et sage fille aux longs cheveux ? Comment imaginer que l'un de ces hommes violents et méprisants fasse l'effort absurde de les... acheter ? S'ils veulent les battre, quel besoin de payer pour ça ? C'est, se dit Imane accablée de chaleur et tenaillée par la faim, exactement comme d'aller faire les courses, et s'offrir une robe qu'on trouve trop moche et qu'on ne veut pas mettre. Il y a quelque chose qu'elle ne comprend vraiment pas. Quelque chose qui lui échappe totalement, totalement.

« Dis, Gulan, ceux qui achètent les femmes, c'est pourquoi ? Est-ce que... malgré tout... on leur plairait ? »

Gulan secoue la tête en silence. Elle est inquiète. Que venaient faire ces hommes ? Ils n'ont rien laissé, rien ordonné. Est-ce qu'ils voulaient s'amuser un peu ? Ce serait trop simple. L'institutrice se méfie. Elle se penche à l'oreille de Murina, et Murina va s'asseoir à quelques mètres des filles. Elle met son écharpe sur sa tête pour cacher ses cheveux blonds. Elle retourne sa blouse, qui était rose dehors, mais qui est blanche dedans, avec des auréoles grises sous les bras. Imane la fixe sans comprendre, alors Murina feint de loucher atrocement. C'est bizarre... Et ce brouhaha qui monte, de plus en plus net, de l'autre côté des portes de tôle... Imane cherche du regard Gulan, qui met un doigt devant ses lèvres. Ce n'est qu'en entendant le hangar s'ouvrir à nouveau qu'Imane réalise.

Celui-là, à voir l'escorte obséquieuse qui lui fait rempart, c'est un chef. Un religieux ? Il est vêtu d'une longue robe noire, chapeauté de noir aussi ; une barbe grisâtre et informe couvre le bas de son visage. Il est trop loin pour qu'elle le voie bien, il avance comme on se promène, mais Imane n'ose plus respirer. La peur lui tord le ventre. Si ce petit homme ventru s'approche, s'il croise son regard, est-ce qu'il ne va pas la transformer en chose ? Imitant Murina, elle décide de ne pas faire bonne figure, et tord la bouche, et laisse la nausée la défigurer. C'est comme de jouer à faire des grimaces. Malpolie ! Comme avec Ocalan. Où peut-il bien être à cette heure ? Elle touche la photo à sa taille, respectueusement, à travers le tissu. Ocalan… les larmes lui montent aux yeux. Elle se recroqueville. Elle est toute petite ! Ocalan ! Aussi petite que lui ! Il ne la verra même pas, ce gros monsieur à l'air satisfait… mais elle a beau faire, elle n'en mène pas large.

Elle a la tête entre les genoux ; elle doit avoir l'air parfaitement idiote, tant mieux. Sa chemise de rechange, elle l'a utilisée pour étancher le sang entre ses jambes, et elle se dit qu'elle devrait la mettre pour les dégoûter ! Puisqu'elle se dégoûte elle-même… Rester pure, dit le père de Murina ? Il est loin, celui-là.

Les voix impérieuses sont loin d'elles encore ; le puissant intrus semble avoir jeté son dévolu sur deux filles déjà. Elle ne va pas lever la tête pour savoir lesquelles. Il faut faire profil bas, bas, tellement bas…

C'est alors qu'une voix masculine s'élève, et c'est un Youpez elle en est sûre, parce qu'il parle leur langue avec leur voix, et il dit… qu'il est là pour leur faire comprendre quelle est la nouvelle loi, la loi du Royaume Réglamique, qu'elles sont hérétiques, maudites, damnées, qu'elles croient au Diable et méritent de mourir dans les supplices, mais que leurs ravisseurs ont le bon cœur de leur laisser la vie, car elles seront leurs esclaves comme le Livre Unique les y autorise, les y invite, et il cite un verset en abricain qu'elle ne comprend pas du tout, et il ajoute que si elles veulent un meilleur sort, le sort des fières femmes religmanes des valeureux combattants ici présent, libre à elles de se convertir, Réglam est une religion accueillante.

Un Youpez ? Ce n'est pas possible…

C'est alors que Gulan se dresse. Et se met à crier. « Aware ! Aware ! Tu n'es pas des leurs ! Aware, sors-nous d'ici ! »

Deux soldats se sont précipités sur elle. Aware, puisque c'est lui, parle abricain maintenant. Assez clairement pour que toutes les filles le comprennent, sans doute. Imane et Gulan, en tout cas, n'ont pas de mal à suivre. Il dit qu'il ne connait pas d'Aware, ni cette femme, qu'elle est manifestement dérangée, que c'est peut-être la peur, les femmes sont si faibles. Il a un petit rictus de dégoût. Ne vous attendez pas à ce qu'elles agissent intelligemment, vous êtes fixés sur leur compte depuis longtemps. Laissez-là, on a autre chose à faire… et puis gare ! On ne gâche pas la marchandise !

Gulan, à genoux, tête baissée, pleure en silence. Ses épaules seules tressautent, tandis qu'elle demeure prostrée.

5.

Il n'y a plus d'eau au robinet. L'odeur des toilettes a envahi le bâtiment. Tous les vingt mètres, dans les allées, un seau d'eau, et même pas un gobelet pour boire. On y puise avec les mains, le bouchon d'un biberon, l'écorce d'une orange qu'on a gardée – car on a distribué la veille de vieilles oranges molles, trouvées allez savoir où – on est tout de même en août… et toujours ce riz avarié qui donne mal au ventre… les filles sont sales, décoiffées, enlaidies – pas étonnant, elles ne veulent pas plaire à l'ennemi. Il en est parti beaucoup déjà, autant sont arrivées cependant. Ni Noor, ni sa mère, ni personne que les filles connaissent. Elles ne savent même pas si ça les soulage, ou le contraire. On n'est pas là depuis longtemps, mais c'est une éternité en marge de la vie. Murina souvent parle toute seule, qu'est-ce que j'ai fait pour mériter ça, sauvez-moi, mériter ça… Elle est toute changée, les paupières gonflées, les traits tirés, les lèvres sèches. Dans les toilettes, l'autre jour, quand elle a reçu le sms de son père, elle a dit à Imane, en haussant les épaules, qu'en général il ajoutait qu'il aurait préféré la voir morte que déshonorée, mais que par sms, ça fait beaucoup trop de choses à taper. Imane y repense sans cesse maintenant – parce qu'elle a l'impression que c'est ce qui est en train d'arriver, Murina meurt à petit feu, toute pure qu'elle est, sans même qu'on ait besoin de l'y aider. Gulan ne dit rien, elle reste assise tout le temps, les bras autour de ses jambes pliées, pensive, un pli profond en travers du front. Imane l'a toujours vue tellement serviable, s'occupant de tout organiser, de tout aplanir, que sa sœur lui semble être devenue une étrangère.

On parle bas, même s'il n'y a personne, on ne sait jamais. Ils ont envoyé un interprète alors que, si elles ne parlent pas toutes bien abricain, les femmes entassées ici le comprennent suffisamment. Il est vrai qu'il est difficile d'appréhender certaines choses. Mais ce n'est pas une question de langue. On chuchote, pas parce qu'on a des secrets à dire, mais parce qu'on a peur. Les enfants même, s'ils crient parfois, de faim, de rage, d'angoisse, les enfants même ont appris à parler bas.

On parle bas, mais des rumeurs enflent – puis s'exténuent, la pièce traversée. Les bruits de rafale qui parfois trouent la nuit réveillent des souvenirs. Sont-ce les leurs qui contre-attaquent, ou de pauvres hommes qu'on fusille ? Ces cris, ces roues qui crissent, qu'annoncent-ils, de l'autre côté de la tôle et des parpaings aveugles ? On retient son souffle, le sang bat aux tempes, les corps sont prêts à bondir là où il faudra… Le silence, après quelques heures, quelques minutes parfois, retombe. Certaines de celles qui sont arrivées ici ont eu le temps de voir des choses. Des enfants décapités, des femmes battues à mort, des prisonniers égorgés, même les vieux, même de jeunes garçons ahuris. Ahuris, évidemment, comment croire à ce qui arrive ? Vous êtes, par exemple, en train de discuter avec votre petit frère, mettons qu'il veut emprunter votre ballon de foot, il n'arrête pas de vous emprunter des affaires et de perdre les siennes étourdi comme il est, alors, au lieu d'aller chercher la balle de cuir tout simplement, vous mettez des conditions et râlez un peu pour la forme mais vous savez bien que vous allez céder. Et puis tout d'un coup des types hirsutes et surarmés vous tirent par le bras tous les deux et sur le palier tirent une balle d'acier dans la tempe de chacun ? Qui ressort de l'autre côté du crâne, avec des bouts de cervelle et un geyser de sang ? C'était arrivé aux frères d'une des jeunes femmes près d'Imane. Elle en était restée stupide, incapable de penser à autre chose. Elle s'arrêtait au milieu des phrases les plus simples, répondre à une compagne qui lui proposait un quartier d'orange, ou alors préciser quel était son prénom - tout d'un coup, le regard vide, elle laissait échapper « le ballon… » et puis rien, toute molle, rien. Imane, elle, n'a pas raconté ce qu'elle avait vu, du haut du camion. D'ailleurs elle a tourné la tête… Et maintenant, encore, elle se détourne quand elle croise le regard de cette malheureuse, un regard qui s'accroche, qui supplie, comme si elle y pouvait quelque chose.

Les autres sont plus pugnaces.

Il y a celle qui a été donnée par son voisin, à Sinjberg. Elle, au moins, elle le sait, elle l'a vu la montrer du doigt. Un monsieur poli pourtant, et dont, comme elle était veuve, la présence lui semblait rassurante. Il y a toutes celles qui ont été raflées chez elles, en famille, et surtout toutes celles dont le convoi en fuite a été intercepté. La plupart ne savent pas ce qu'il était advenu des leurs, du moins pas de tous les leurs, et se répètent, pour tenir bon, pour se donner du courage et lutter contre l'envie de disparaître, que quelqu'un de proche est dehors et les attend. Dehors, et essaye de les retrouver. Si on les vend, pourquoi les leurs ne pourraient-ils pas les acheter ? Si on les vend, c'est qu'elles sont utiles à quelque chose au moins, et qu'elles vont vivre encore. Bien sûr, elles ne savent que trop à quoi elles peuvent servir. Les jeunes. Les belles. Les qui n'ont jamais servi. Mais peut-être pas toujours, pas seulement, pas toutes ? Bien sûr, elles ont entendu des choses, et savent les lapidations, les humiliations, les interdictions. Mais comment croire qu'il est possible que des êtres humains, méthodiquement, violent et torturent et tuent des personnes qu'ils achèteraient pour cela ? Certainement on exagère, certainement – elles ne peuvent pas être, toutes autant qu'elles sont, promises à cela – ce que c'est que la peur – qui s'atténue un peu quand on se le répète : impossible, impossible, d'être, en bloc, absolument toutes, destinées à cela.

Il y a celles qui ont cédé. Le fardeau de leur désespoir les rend muettes, molles, affaissées, bêtes malades, tas de matière malodorante. A quoi bon se tenir propre, à quoi bon prendre soin de soi, quand on est promise à une si abjecte saleté ? Si les autres s'enlaidissaient exprès, celles-là n'en auraient pas le courage. C'est à peine si elles font l'effort de manger, sans dégoût d'ailleurs, machinalement, le fourrage qu'on leur sert. Après quoi elles avalent, la langue sèche, un peu d'eau croupie dans le bouchon fêlé d'un bidon égaré, sans y penser. Se laisser mourir suppose une certaine fermeté, se dit Imane, et de temps à autre elle envisage la chose, mais rapidement l'idée lui semble absurde. Alors elle tapote, à sa taille, le portrait d'Ocalan.

A côté des trois filles, une femme est assise, muette, ses enfants sur elle. Il y en a deux, un garçon et une fille, qui ne bougent presque pas, la tête presque toujours sur les genoux de leur mère ; quand ils se lèvent, ils ne s'écartent pas beaucoup, ils tournent autour d'elle avec une grâce lasse, lente – parfois un geste vif étonne, puis la main retombe, vite ils reviennent renifler la jupe maternelle. Ils ont les yeux très cernés, de petits visages salis de traces noirâtres. La femme leur caresse les cheveux, silencieuse. S'ils chuchotent, elle hoche la tête. Parfois, en souriant, elle invente des jeux simples avec rien, se cacher sous un pan de jupe, attraper le doigt de l'autre en premier. Les enfants sourient. Parfois aussi, il semble qu'elle leur raconte quelque chose à l'oreille, peut-être des histoires qu'ils aiment, ou des souvenirs des jours passés, des promesses d'avenir meilleur ? Qu'est-ce qu'on peut bien raconter à ses enfants, enfermée avec eux dans un hangar depuis des jours ? Qu'est-ce qu'elle aurait envie de dire à son petit frère ? Quand elle regarde ces trois-là, qui semblent tellement fort être ensemble, il lui manque terriblement. Mais, exactement en même temps que monte ce manque aigu, elle ressent un tel soulagement, une joie presque liquide, parce qu'il est loin, libre et loin, et elle l'imagine dehors, insouciant, et elle espère qu'il regarde ailleurs, l'horizon, les champs, une ville, les fourmis par terre ou le ciel trop bleu, mais pas dans sa direction, parce qu'il pourrait la voir là, elle a l'impression qu'il pourrait, et qu'elle ne le supporterait pas. Le chuchotis des enfants se poursuit… souvent, plus personne ne parle que ces deux-là et leur mère. Tant de silence appelle encore plus de silence. Chuintements, frôlements, tous les sons semblent bruyants. Imane ose à peine déplier ses jambes ankylosées, s'étirer. A côté d'elle, Murina fixe le vide, le menton sur les genoux. Il n'est pas possible de croiser le regard de Gulan. Tant de gens entassés pourtant…et on est seule ?

Des hommes étaient venus, l'air satisfait des chefs, choisir parmi la marchandise. Ils avaient fait se lever de belles filles rétives, avaient soulevé leur chemise, palpé leurs seins, regardé leurs dents. Les premières avaient hurlé, s'étaient débattues. L'une d'elle avait écopé d'une balafre en plein visage. Ils ne l'avaient pas emmenée d'ailleurs, plus assez bien pour eux. Maintenant les gardiens s'amusaient à la frapper en passant, coups de pieds, coups de crosse, de la marchandise gâchée de toute façon, d'autant que la blessure, infectée, lui avait tordu la bouche et fait enfler la joue. Répugnant. Les autres avaient peur et serraient les dents pendant qu'on les tripotait. Il y avait des méthodes qu'on se repassait, certaines visualisaient un tunnel et se concentraient sur de la lumière au bout, d'autres répétaient dans leur tête que tout cela n'existait pas, cette absurdité, organisée par des êtres encore plus inexistants – à tout le moins, il était facile de se persuader que ce n'étaient pas des êtres humains, non ? Il y en avait eu une, toute jeune, qui n'avait pas pu se retenir de crier, parce que l'homme qui la voulait l'avait déculottée pour voir, semble-t-il, si elle était blonde en bas aussi. Alors, alerté par le cri, tout le monde avait pu voir qu'elle était blonde, tout le monde. Si on l'avait battue après, personne ne savait, parce que, manifestement satisfait de ce qu'il avait vu, il l'avait aussitôt emmenée. Est-ce que vraiment ils n'avaient pas de femmes chez eux, pour venir reluquer ainsi leurs détenues, des filles qu'ils méprisaient à voix haute, qu'ils traitaient de chiennes et de truies, de suppôt du démon, de prostituées, de déchets ?

Imane continue de caresser, distraitement, l'image de son petit frère. Elle en est sûre, il s'est échappé, il est sain et sauf, il ne peut en être autrement. Il est avec Noor, Maman, Afran et sa famille. Et ils les attendent, et ils essaient de les retrouver, prudemment, et ils vont y arriver. Il suffit de rester en vie, de rester ensemble, de ne pas perdre espoir, on sera sauvées. Même si aucune réponse n'est arrivée sur le portable de Murina, qui a vérifié plusieurs fois. Le jour venu, elle aura même un peu d'argent pour eux, caché dans sa jupe sale. Son bracelet aussi, s'ils ont dépensé beaucoup pour les retrouver, ils seront bien contents de l'avoir. Et Murina a un téléphone, des nouvelles vont bientôt leur arriver… son amie lui a même fait apprendre les codes de son portable, au cas où, elle se demande bien « où » quoi. Quelqu'un va venir. On va les sauver.

Le visage de Murina suinte la peur. Comme Gulan n'est plus vraiment là, perdue dans ses réflexions ou figée dans sa douleur, Imane maintenant s'essaie aux gestes qu'elle attendrait de sa sœur. Elle attire Murina contre elle et lui dit des mots gentils, et lui caresse les cheveux, qui sont pleins de nœuds, elle fait attention de ne pas les tirer. Elle parle le plus doucement qu'elle peut, au bord de l'oreille de son amie, Murina on va s'en sortir, ne perd pas courage, tu n'es pas toute seule, Murina… comme tu es belle, comme tu es belle. A ces mots, Murina se redresse comme traversée d'une décharge électrique, se crispe, ses yeux immenses exorbités. Pauvre Murina, d'être si belle. Quelle imbécile de le lui avoir rappelé ! Imane doute d'être bien jolie, elle en était déçue jusqu'à cet été, Noor attirait tous les regards et pas elle, elle trouvait ça injuste – et maintenant elle n'ose pas dire qu'elle en est soulagée. Moche et puante, quelle bénédiction ! Mais voilà que Murina lui lance, d'une voix que l'angoisse rend trop aiguë : « Mais toi aussi, tu es belle ! » et elle la serre dans ses bras comme pour la protéger. Les voilà bien, à craindre qu'on les trouve jolies, qu'on les remarque ! « Dans notre état, même si on est jolies, personne ne peut plus s'en rendre compte ! » rit Imane, et Murina aimerait bien la croire. Elle regarde, dubitative, les traces de crasse qui strient le cou de sa compagne. C'est une petite fille pas lavée, ça ne l'empêche pas d'être mignonne… par contre, elles commencent à sentir mauvais, ça c'est vrai - Imane surtout, forcément, ce sang séché, ce sang dégoûtant - mais pas qu'elle. Tant mieux. Des relents d'urine. Des ventres malades. Quand elle pense que juste avant d'être prise, elle s'était mis derrière l'oreille du parfum au jasmin ! Et Murina, soudain, part d'un grand rire nerveux, irrépressible, qui laisse Imane terrorisée.

6.

Lorsque la nuit tombe, on ne voit presque plus rien. Presque. La lune luit parfois, mais les ouvertures du toit sont si petites et si hautes que, hormis dans le carré de soleil cuisant qu'elles dessinent parfois sur le sol, la pénombre règne même le jour, sauf quand les soldats entrent et allument les ampoules nues qui leur permettent d'observer plus attentivement les femmes. La nuit, les quelques lueurs qui permettent de se repérer viennent des murs : lampes des gardes au ras du sol, éclairage succint de part et d'autre de la grande porte métallique. Si on se glissait dehors, par l'une des deux petites portes latérales qui restent toujours fermées, visiblement cadenassées, et sous lesquelles aucune lumière ne filtre, ne pourrait-on se fondre dans la nuit, s'envelopper d'elle ? Tandis que les autres somnolent, Gulan veille. Elle s'imagine voilée de cette obscurité-là, son corps effacé au regard, mais les muscles bandés pour sauter, s'enfuir, attaquer s'il le faut. Elle est restée accroupie sur le sol presque toute la journée, à se demander quoi faire, quoi penser. Aware ici ! Il a dû changer de nom, pour que ses compagnons le croient quand il a prétendu ne pas la connaître. Ou alors il ne s'appelle pas Aware ? Quelle confiance accorder à un homme qui lui disait de servir les siens en les instruisant, et qui maintenant participe à leur destruction ? Ce regard vide qu'il a tourné vers elle ! Cette façon de parler d'elle comme si elle n'était personne ! Les femmes, les femmes… comme s'il n'était pas pétri lui-même de la même pâte que les femmes… non, dans sa bouche ni elle ni les autres n'étaient de vraies personnes. Quel mépris ! Mais alors, s'il ne ressent rien pour elle, pourquoi l'avoir défendue ? « Laissez-la », il leur a dit cela, même s'il a prétendu que c'était par mépris. Il regardait ailleurs. Il devait avoir peur d'être pris pour un traître, s'il la reconnaissait. Un Youpez, même converti, ils ne doivent pas avoir facilement confiance. Ni l'admirer, ça non ! Qu'est-ce que le prometteur Aware peut bien avoir été faire parmi les bourreaux ? A quoi croyait-il quand il prétendait croire à leur avenir ensemble ? Qu'aurait-il fait d'elle ?

Cependant, comment être sûre que c'est elle qu'il a trompée, et pas eux ?

Soudain, Gulan se décide. Elle tend la main vers le téléphone de Murina endormie ; elle le trouve sans mal, c'est facile, il est dans la poche du blouson avec l'argent, Murina la lui a montrée. Elle le fait glisser délicatement dans sa main, ouvre l'arrière, sort sa carte SIM, remplace celle de Murina par la sienne. Bien sûr il y a un code, mais comme Murina l'a fait apprendre à Imane par cœur juste à côté de Gulan, elle le connaît. L'écran s'allume… elle a peut-être tort de rester au milieu des autres, au lieu de se réfugier dans les sanitaires puants, loin des regards… mais le temps est compté : la batterie clignote, presque à plat. Aucun message de sa famille, rien. Son blouson sur la tête comme une petite tente, Gulan cherche un nom, envoie un message. Et Aware répond.

7.

Ce matin, les soldats ont fait sortir toutes les filles dans la cour. Ils n'ont pas assez de noms d'animaux pour les désigner, ils se bouchent le nez, agitent leurs armes devant les yeux des captives crasseuses et dépeignées. Elles clignent des yeux, éblouies par un soleil cru dont elles ont perdu l'habitude. Devant le hangar, elles revoient la route poussiéreuse, craquelée, bordée d'herbes jaunes et de terres sèches. Il y a quelques bâtiments pas très loin, s'étonne Imane – elle ne se rappelle pas les avoir vus en arrivant. La cour, goudronnée, se lézarde, et dans les fentes poussent de petites plantes jaunâtres et rabougries, que les autos garées un peu partout n'ont pas réussi à écraser. Pas vraiment une cour d'ailleurs – flanquée sur trois côtés du hangar et d'autres structures plus petites qui servent de baraquements aux militaires réglamistes, elle ouvre grand sur la route. Le long des baraquements, de grandes bassines en plastique de toutes les couleurs. Pour une fois, il y a suffisamment d'eau, une bassine pour trois ou quatre d'entre elles, débordant de mousse de savon. On leur ordonne de se laver, Imane se demande bien comment, elle a l'impression qu'on la prend pour une assiette ou un torchon sale, est-ce qu'ils croient qu'elles vont se baigner là ? Les cheveux, il faut les laisser tremper aussi ? Mais non, il s'agit sans doute de s'asperger, de se frotter, de se nettoyer les joues et les avant-bras, rien d'autre. Le savon lui pique les yeux, est-ce qu'on se rince ? Avec quoi ? Etourdie par l'air extérieur, par la lumière, elle se sent confuse, incapable de comprendre ce qu'on attend d'elle.

Tout d'un coup, un coup dans le dos la fait trébucher : c'est de l'eau, une trombe d'eau, car voilà que, hilares, trois soldats les aspergent avec un tuyau d'arrosage énorme, mais énorme !

« Une lance à incendie », dit Murina, et elle se cache le visage pour le protéger.

Pour être rincées, elles sont rincées. Les vêtements trempés pèsent et collent. Avec un peu de chance, se dit Imane, c'est exprès : c'est pour bien les voir. On vient de leur crier que celles qu'on n'a pas encore vendues, on les vend aujourd'hui, c'est comme ça, c'est le dernier jour, le jour du marché aux esclaves. La crasse effacée, elles ont toutes été alignées devant la façade du hangar. Toutes. Toutes sauf Gulan… Imane n'ose rien dire, rien demander. Elle a pensé d'abord qu'elle était allée aux toilettes, qu'elle était sortie avant elle, puis au contraire qu'elle allait arriver ; mais non, la toilette est faite, et pas trace de sa grande sœur. Peut-être est-elle en danger, mais qu'est-ce qu'elle pourrait faire pour l'aider ? Peut-être, au contraire, a-t-elle trouvé comment échapper à la vente, mais pourquoi sans elle ? Peut-être qu'elle va revenir. Peut-être l'ont-ils tuée, aussi bien. Quand même… l'idée prend au ventre… Sans doute, si elle essaie de retourner dans le hangar chercher Gulan, sera-t-elle battue ou même exécutée, elle ? Elle a mal au cœur, mais c'est peut-être le riz avarié ? Gulan ! Mais quoi faire ? Murina sait bien à quoi elle pense, et serre sa main dans la sienne.

Il y a des acheteurs partout. Les filles sont palpées, on leur regarde les ongles, les oreilles, les dents. On appuie sur les seins pour savoir s'ils sont fermes. Il y en a qui font soulever les jupes encore sales, détrempées, pour étudier le galbe du mollet. Imane sait qu'elle n'a pas réussi à enlever tout le sang sur ses vêtements. Si un homme se met en tête de l'observer de près, qu'est-ce qu'il dira ? Son intimité est voyante, imprimée dans le tissu. Sur la jupe rouge, rouge ! Sous la jupe rouge, encore des taches. Ce petit drame timide à l'intérieur du grand… Est-ce que c'est un permis de violer supplémentaire ? Ou un repoussoir ? C'est difficile de savoir : on dit qu'ils trouvent ça impur, mais elles aussi ils les trouvent impures, alors… et ce qu'ils vont leur faire, c'est pur ? Elle, en tout cas, elle trouve ça dégoûtant, de saigner, d'avoir saigné. Elle cuit de honte, Imane, ocellée de stigmates brunâtres. La seule façon de le supporter, c'est de ne presque plus exister, de se retirer très loin à l'intérieur de soi, comme un gravier, exactement comme un gravier dur et noir dans le gésier d'une poule, ces poules qu'elle n'aimait pas voir sa mère égorger… Maintenant, elle est à la fois la poule et le gravillon d'âme et d'honneur et de sentiments à l'intérieur de la poule. Bien à l'abri. Rien de tout cela ne lui arrive vraiment. Ce n'est pas possible, tout simplement. Rien de ces marchandages minables, de ces offres de gros, de cet étalage de viande humaine ne la concerne. Elle est bonne, elle est précieuse, elle est gentille, elle est douée pour la couture, organisée, elle aime le mauve, la lumière d'été, danser, son petit frère, tous les siens. Elle est respectée. Elle est respectable. Elle est unique.

« Ces deux-là, demande un gros soldat au nez épaté, ce sont des sœurs ?

– Oui, répond sans hésiter Murina, qui tient toujours la main d'Imane.

- Vous me faites un prix si je prends aussi la petite moche ?
- Elle n'est pas moche.
- Elle est toute maigre, avec une dent cassée !
- T'as qu'à la nourrir, et puis comme ça elle ne risque pas de te mordre.
- Fais-moi un prix.
- Tu plaisantes ? Intervient l'un des gardiens. Une gosse et une blonde encore vierges, ça va chercher cher !
- Comment tu sais qu'elle est vierge, la blonde ? Les animaux, ça n'a pas d'honneur !
- Le docteur est venu, ment le gardien.
- Tu es vierge ? Demande sans ambages le client à Murina, qui hoche la tête en silence, lèvres pincées, habituée à la question déjà.
- Si elles sont vierges, reprend le gros homme, je prends les deux, mais fais-moi un prix !

Les deux militaires se mettent à grommeler des chiffres et des raisons ; les filles, le cœur battant, n'arrivent pas à suivre.
- Si vous n'êtes pas vierges, je vous tue, conclut soudain le client. Et au gardien, d'un ton débonnaire : « C'est bon, je les prends. »

Imane n'en revient pas. Vendues à ce gros monsieur au visage luisant ? Pour de vrai ? Quelle horreur ! Et cependant… On leur avait assuré que Murina serait achetée par un Saoudien, envoyée loin des frontières comme les autres blondes aux yeux clairs, à jamais introuvable, définitivement perdue, comme enterrée vivante. Pouvoir encore tenir la main de son amie dans la sienne est un demi-soulagement… Un soulagement ? Elle avance vers le parking, guidée par son nouveau maître, dans un demi-brouillard que traverse, ombre fugace, le traducteur sur qui Gulan s'est énervée l'autre jour. Tout de même, cette Gulan, où est-elle passée ?

« En voiture ! » s'exclame le gros soldat ravi de son achat. Avant de faire monter les deux filles à l'arrière de son quatre-quatre, il leur attache les mains et leur bande les yeux. « Je vais rouler doucement, mais faites attention à ne pas tomber… »

Deuxième partie – la grande maison

1.

Leur nouveau maître les a plantées là, toutes mouillées, sans un mot d'explication, et a disparu en haut de l'escalier carrelé. Elles ont entendu son pas résonner encore quelques secondes, une porte claquer... il leur a retiré leur bandeau en entrant, mais ne les a même pas détachées ! Interdites, elles se regardent en silence, et partent soudain d'un irrépressible fou rire.

« Non mais ça va pas, de rire comme ça ? Z'avez envie de vous faire battre ? » Elles n'ont pas vu arriver la fille qui s'adresse à elles, debout dans l'encadrement de la porte du jardin, mais elle parle leur langue et ses mots, quoique menaçants, leur semblent très doux.

Roanne, c'est son nom, leur explique qu'ils l'ont attrapée il y a plus de quinze jours. C'est un soldat qui l'a amenée ici, un de ces types tellement pleins de poils qu'elle ne le reconnaîtrait même pas... « Limite, c'est p't'être un habitant de la maison, et moi j'le sais pas ! »

La nouvelle venue rit un peu, comme sous cape ; elle leur semble toute noire, parce qu'il y a tant de lumière derrière elle, dans la cour. Une simple silhouette, pas très haute, un peu ronde...

« Les habitants, demande Murina ? Ils sont nombreux ?

- Oui et non, répond l'ombre. A ce que j'ai compris, d'habitant il n'y en a vraiment qu'un, c'est le chef – celui qui vous a ramenées. Mais en même temps ils sont plein, et n'ont pas vraiment l'air d'invités, y'a des jours ça grouille... sont nombreux, et puis je les reconnais pas, alors bon... ça gueule sec, et pis je sais pas c'qu'ils fument, mais parfois ils sont gravement fous. Enfin... c'est un peu leur nature, en même temps... »

De nouveau, Roanne rit. Quand elle est arrivée, les hommes ne connaissaient pas la maison mieux qu'elle, ils venaient de la réquisitionner.

« Réquisitionner, ils disent ça ? murmure Imane.

- Ah ben si tu crois qu'ils vont te raconter qu'ils l'ont volée à des braves gens... en fait, ils ne vont rien te raconter du tout, tu comprendras ce que tu pourras.

- On va être trois, ça aide, glisse Murina.

- J'espère bien, que ça aide. D'autant que... »

Elle laisse sa phrase en suspens, se détache du chambranle auquel elle s'appuyait : elle vient de réaliser que les filles sont attachées... « Fallait l'dire ! Me demandais aussi pourquoi vous gardiez les mains dans le dos comme ça, comme si m'aviez volé mes affaires ! » Roanne, hilare, ouvre un buffet, brandit des ciseaux, libère les poignets ankylosés des filles, récupère les morceaux de corde et les glisse dans un tiroir du meuble, on ne sait jamais, peut-être qu'un de ces jours ce sont elles qui les ligoteront avec...

C'est une grande maison, qui a dû abriter une famille assez nombreuse, pour autant que les filles puissent en juger. Il reste des jouets au salon, et si l'étage est aussi important que le rez-de-chaussée, il doit y avoir au moins quatre ou cinq chambres. La cuisine, où elles sont entrées d'abord, est vaste, pourvue d'une arrière-cuisine de bonne taille, quoique très obscure, faute de fenêtres. Au fond de la pièce, la porte où Roanne est apparue donne sur la cour et le potager ; en face, une autre porte, ouvrant sur la rue, est visiblement cadenassée, une énorme chaîne zigzague entre la poignée et un anneau au mur. Des rayonnages chargés de provisions longent les murs latéraux de ce cellier. Imane et Murina sont surprises de constater qu'on leur y a déjà attribué un matelas chacune, un de chaque côté de la pièce, le long des étagères de provisions, des bocaux de conserve, des aubergines qui pendent séchées à un fil, des tresses d'ail, des herbes odorantes aux effluves familiers. Près de la chaudière, contre le mur du fond, il y a le lit de Roanne, à qui l'ordre a été donné ce matin de préparer deux couchettes... Sur lesquelles sont pliées deux chemises propres, que les filles se hâtent d'enfiler : elles réalisent, gênées, qu'elles sont à moitié transparentes. Elles regardent leur nouvelle compagne avec appréhension...Maintenant qu'elle n'est plus à contre-jour, les filles remarquent son grand front bombé, ses cheveux noirs et courts bizarrement taillés, sûrement pas par un coiffeur. Elle a la lèvre fendue, mais elles n'osent pas demander si c'est un accident, ou si, malgré son air plutôt débonnaire, le gros soldat l'a frappée. Un autre peut-être ? Elle n'a pas l'air de vouloir en discuter. D'ailleurs, tandis que Murina et Imane visitent, reniflent, ouvrent les placards, elle reste muette. Quand elle leur explique finalement que pour l'instant elles seront en charge des lessives, tandis qu'elle sera la seule à s'occuper des chambres, à l'étage, où dort leur maître ventripotent, elle a l'air de se forcer à parler.

« Des lessives ? Il y a tant de linge que ça ?

- Eh oui. Me demandez pas pourquoi… on est peut-être une blanchisserie ?

- C'est des draps ?

- Des draps, ouais. Des chaussettes, des vestes kaki, des chemises, des slips, pas de trucs de fille, en tout cas !

- On peut laver nos affaires ?

- Un peu on peut ! Et même les sécher ! s'esclaffe Roanne. Tu vas quand même pas les aider à te faire du mal, non plus ? »

La jeune femme se penche sous une étagère, sort un pain de savon d'une caisse, désigne du doigt la cour : il y a, sous un auvent, un petit lavoir de ciment.

« Mais… Murina s'étonne. Il y a un lave-linge dans l'arrière-cuisine, non ?

- Il est cassé ! »

Roanne hausse les épaules. De toute façon, elle n'a jamais su faire marcher un lave-linge… mais celui-là, il est vraiment cassé, et les militaires ont autre chose à faire que de chercher la pièce qui manque, avec une lavandière sous la main. Trois, encore plus ! Limite s'ils ne font pas exprès…

Imane s'approche du lave-linge. C'est bien simple, il n'a plus de tambour… sûr qu'il ne va pas marcher. Bah… Faire des lessives, au moins, on sait ce que c'est.

« Et toi, demande Murina, tu as beaucoup à faire, en haut ? »

Roanne ne répond pas, les filles n'insistent pas. Muette ou pas, quelle importance ? C'est l'une des leurs, forcément une alliée, forcément.

Elles ont pu laver leurs vêtements, se baigner. Imane a confié la photo d'Ocalan et son petit bracelet à Murina, qui les a rangés derrière un bocal, tout contre leur trésor commun, le téléphone portable déchargé… dans sa poche, Murina n'a pas retrouvé son argent, au demeurant – cela la contrarie, mais pour que ça peut leur servir… Imane ne pouvait s'empêcher de contempler sa blonde compagne dans sa chemise transparente, ni de la trouver belle, et encore moins d'être gênée. C'était bizarre de se dire que cet homme, avant même de les voir, savait qu'il allait ramener deux filles et leur avait prévu des vêtements pareils… Est-ce qu'il fallait voir cela comme une humiliation ? Comme un cadeau ?

« Toi aussi, Roanne, tu as une chemise comme celles-là ? »

Roanne hausse les épaules. Elle porte, au-dessus d'une jupe grise, une blouse fleurie. Des vêtements trouvés dans les placards, dit-elle, qu'elle s'est choisis.

Derrière la maison, une vaste cour, déserte et close de murs heureusement, leur offre un semblant de liberté. Elles y ont étendu leur linge au soleil – celui des soldats aussi, car si elles sont seules avec leur acheteur pour l'instant, la quantité de linge prouve que Roanne dit vrai, il y a là les vêtements de plusieurs hommes. Elles s'amusent à deviner à qui appartient quoi en regardant les caleçons usés, les chaussettes et les t-shirts qui sèchent au soleil… elles ont décidé qu'on leur avait confié le linge d'au moins deux autres soldats, et elles les ont appelés Momo et Ben. A qui appartient cette chaussette dépareillée, à ton avis ? A Ben ! Il a perdu sa jambe à la guerre ! Elle est chez les Youpez, sa jambe ! On va faire un échange ! Tu es sûre ? On l'a coupée en cubes pour le stockage, non ? Bah, il lui en reste donc trois, des pattes… où sont les chaussettes de main ? Depuis quand, d'ailleurs, les hyènes portent-elles des chaussettes ? Elles rient. Après tout, ce sont des gosses. Deux mois plus tôt, elles étaient assises sur des bancs d'école, à apprendre des théorèmes et des règles de grammaire… Et Momo, il a combien de jambes ?

Quand elles ne comptent pas les jambes, elles imaginent comment on va les libérer. On n'entend presque jamais de rafales, mais des jeeps et des camions passent dans la rue, leur vacarme traverse les murs. Parfois, de l'autre côté des murs de la cour, on entend crier. Peut-être que des renforts arrivent, mais peut-être aussi que l'ennemi se replie ? Comment savoir ? Et même s'ils ne se replient pas, les Youpez peuvent essayer de les racheter, ou venir les libérer la nuit ? C'est sûr, il faut être toujours sur le qui-vive, toujours prête, se répètent les trois filles. Pour quand ils vont venir. Ils ont sûrement prévenu, maintenant, mais on ne peut pas lire les messages… Le portable de Murina est complètement déchargé maintenant, et bien sûr il n'y a pas le moindre chargeur. Les gens qui vivaient ici ont laissé les petites voitures, la poupée cassée, beaucoup de linge et des vêtements, que leur compagne silencieuse leur a descendus le lendemain de leur arrivée – mais ils ont emporté les chargeurs en s'enfuyant. Logique ! Imane, en fouinant un peu, a cependant trouvé une boîte à couture. Alors, à points comptés, entre la préparation des repas, la lessive et le balayage, elle a commencé à se coudre, dans la toile de l'un des torchons, une espèce de ceinture à poches très plate qu'elle compte accrocher sous tous les vêtements qu'elle porte, pour garder Ocalan près d'elle, et sa richesse, on ne sait jamais. Il faut être toujours prête, c'est sûr ! Elle a d'ailleurs glissé dans son baluchon la plus jolie des petites voitures, une décapotable américaine toute dorée, pour offrir à Ocalan quand elle le reverra. Elle lui présentera Murina, c'est sûr qu'il va l'aimer. Elle ne va pas la laisser tomber, maintenant que sa famille l'a abandonnée, Murina. Puisque ses parents ne sont jamais venus la chercher… Pourtant ils ont pu quitter la ville… et s'en sortir, puisqu'ils lui ont répondu ! Mais alors, ils s'étaient enfuis sans elle ? Ce n'est pas possible. Quoique… Non, Murina ne sera pas libérée, depuis le temps que les siens savent, même si elle parle de retrouver sa mère, son père, et même sa grand-mère… Imane n'ose rien lui dire, mais il y a bien peu de chances, pense-t-elle, presque aucune. Comment des parents pourraient-ils ne pas se précipiter pour sauver leur enfant ? Après tout, elle n'a que treize ans, un âge où l'on est prompt à accuser les adultes de ne rien faire comme il faut ! Peut-être, surtout, cela la rassure-t-elle de croire que ce sauvetage est possible… Peut-être aussi a-t-elle peur que Murina réponde, de la voix lasse qu'elle a souvent, « il y a quand même beaucoup moins de chances que toute ta famille soit vivante… et encore moins qu'elle te retrouve… »

Ce qui les étonne, à part de se retrouver coincées là, entre des monceaux de chaussettes et de draps à fleurs, c'est qu'elles soient trois, alors qu'il n'y a qu'un homme pour l'instant, et qu'il ne leur demande rien d'affreux – sinon peut-être à Roanne, qui ne leur dit rien ? De temps en temps elles se demandent ce qui les attend, et puis elles oublient – le maître des lieux est un mystère à lui tout seul. Il mange beaucoup, mais rien de compliqué, rien de raffiné non plus – les saucisses mal grillées sur un grill mal nettoyé, ça a l'air de le satisfaire pleinement. Roanne l'a d'ailleurs surnommé « la Merguez », et affirme qu'il ne mange absolument que ça, qu'il les aime à moitié brûlées de préférence, et qu'un jour il se transformera en boudin géant suintant de la graisse orangée. « Et pis, il a déjà une plaie au flanc, qui suinte et qui pue », dit Roanne qui la nettoie quotidiennement… il croit que c'est une brûlure de tir de mortier, mais c'est le début de la métamorphose ! Outre les saucisses, grasses images de leur geôlier, les filles cuisent aussi des cargaisons de riz, au moins il n'est pas pourri, et puis il y a du pain, il est livré le matin par quelqu'un qui le laisse devant la porte – c'est Roanne qui va le chercher, et seulement après que la voiture du livreur a redémarré. Elle leur raconte que la lèvre fendue, c'est parce qu'un jour elle est sortie trop vite, le soldat qui livre était sur le pas de la porte – peut-être même qu'il avait attendu exprès, dans l'encoignure – et il l'a tirée dehors et giflée pour être sortie mal voilée. Alors autant que Murina n'aille pas montrer sa jolie tête dehors, sans parler d'Imane qui est si fluette... Il l'a attrapée par les cheveux, raconte encore Roanne, et les autres aussi, la Merguez aimait lui tirer les cheveux et la forcer à faire des choses dégoûtantes en la tenant en laisse comme ça, alors crac ! Elle a tout coupé avec les ciseaux de cuisine, tant et si bien que le maître est devenu furieux quand il l'a vue entrer dans sa chambre comme ça, il lui a dit qu'elle n'avait pas le droit d'abîmer ce qui lui appartenait, c'était tellement bête que Roanne s'est mise à rire au lieu d'avoir peur, il l'a renvoyée dans le couloir d'un coup de pied, et depuis elle pense qu'il boude, « Vous savez ce qu'il vous reste à faire comme ça ! Enfin... si c'est la Merguez, cette grosse saucisse, parce que les autres... il y en a de bien plus méchants...» Imane est tentée de suivre son conseil, mais elle n'ose pas, et Murina encore moins, d'abord il ne leur a rien demandé, autant ne pas attirer son attention, et puis peut-être qu'il a réfléchi à ce qu'il aurait dû faire, et que cette fois-ci il saurait le leur faire payer ? S'il aime les cheveux, ce n'est pas trop grave, ou alors si ? Des choses dégoûtantes... Roanne ne dit pas quoi, cependant. Elles se donnent le temps d'évaluer... Il est bien discret, ce maître, à se demander pourquoi il s'est fatigué à les acheter. Deux, en plus ! Et pas sur un coup de tête, puisqu'il y avait deux lits ! Et une femme en sus ! Roanne leur explique qu'il n'était pas si calme avant, mais il prend des médicaments, il a des éclats de bombe qui sont restés à l'intérieur de sa blessure, ou des gravats, elle ne sait pas trop, il y a quelques jours déjà qu'il est dans cet état, c'est arrivé juste après cette histoire de cheveux en fait. Elle n'est pas pressée qu'il retrouve la santé... En attendant, elles lavent, et cuisinent ce qui leur arrive le matin, un peu de tout, dont des légumes plus ou moins appétissants, il y a bien un potager dans la cour mais il semble avoir été piétiné à plaisir, d'ailleurs de toute façon rien n'a été arrosé pendant trop longtemps… les filles aimeraient bien semer des choses et les regarder grandir, mais ça oblige à se demander si on sera encore là pour récolter les fruits de son travail, et les bras et les jambes deviennent aussitôt mous.

2.

Pendant ce temps, loin d'elles, le monde s'émeut. Il y a même des gens qui agissent, comme ils peuvent, un petit peu. L'homme qui les séquestre, en attendant que sa blessure guérisse, regarde les informations : bien sûr, ce sont des informations Reglamistes, pleines de courageux héros blessés au combat contre les gens libres et respectueux d'autrui ; à Sinjberg et ailleurs, des prisonniers se font exécuter tous les jours en direct, et les filles sont chaque fois soulagées de ne pas reconnaître ces yeux hagards, ces visages dignes, faces de têtes coupées. Les troupes se battent et se battent encore... elles n'en finissent pas de gagner... mais alors, se disent les filles, cette armée a donc des ennemis en bon nombre ? Elles ne sont donc pas seules... pas encore... ils ont l'air si contents, ces sauvages, si sûrs d'eux, que c'est difficile de ne pas les croire invincibles.

Elles apprennent que, de tous les coins du monde, des troupes alliées sont entrées dans leur pays – puisqu'aux informations on répète que l'Etat Reglamique les repousse, il faut bien qu'elles soient entrées d'abord. Les Anglais, les Américains, sont proclamés ennemis de leurs bourreaux, qui envisagent l'intervention internationale avec une allégresse qu'elles ne s'expliquent pas : est-ce qu'ils ont si soif de sang, est-ce qu'ils aiment tellement la guerre, qu'ils voudraient qu'elle ne s'arrête jamais ? Des bombes sont lâchées du ciel sur leurs convois, et ils sont contents ! Les milices Youpez tuent leurs hommes, et ils sont contents ! Se peut-il qu'ils aient des plans si compliqués qu'ils soient les seuls à les comprendre ? A contempler la Merguez qui rote, satisfait, devant l'écran de télévision qu'il a volé – comme la maison, à un malheureux sans doute assassiné sans sommation, au coin d'une rue proche, alors qu'il essayait de se mettre à l'abri – à contempler la Merguez donc, l'idée que ses semblables soient de grands stratèges ne tient pas la route. Mais alors, quoi ? Ils sont juste fous ?

Quoiqu'il en soit, les images qui défilent ne disent rien du corridor qui a permis à certains des leurs de quitter les montagnes, d'être ravitaillés ; elles taisent les efforts de quelques-uns pour racheter les femmes réduites en esclavage ; elles ne donnent guère d'espoir, à vrai dire.

En revanche, à force de voir des barbus tous semblables, l'œil allumé par le carnage et le visage satisfait, offrir à leur Dieu les crimes qu'ils accumulent et brailler des insanités en son nom, les filles ont l'impression de vivre dans un mauvais film de science-fiction. Ce sont des envahisseurs, des cafards extra-terrestres, des créatures nées pour nuire, suréquipées pour nuire... Men in Black et Mars Attack, en somme. Elles s'inventent des cosmogonies burlesques pour expliquer l'inexplicable, l'épopée fantastique des charançons poilus transformés par un rayon maléfique, un soir de pleine lune froide et de loups-garous suceurs de sang... ça les fait beaucoup rire, parfois, la Merguez sous forme d'insecte, rampant dans un bocal de farine mal fermé. Et puis la peur retombe sur elle comme un linge trempé. Quand les monstres ont pris l'apparence d'humains, comment se protéger ?

Roanne surtout a peur de tout. Elle n'explique jamais pourquoi, mais c'est certain, quelque chose l'a ébranlée. Parfois, elle se fige. D'autres fois, elle se met à trembler. Elle se voûte, elle se rencogne, face à un agresseur invisible. Et puis elle redevient normale, sauf si on lui parle de se défendre. Est-ce que c'est à cause de ses cheveux ? Murina et Imane ne peuvent le déterminer. Elles sentent qu'il vaut mieux ne rien demander... si elle veut, un jour, elle leur dira. Forcément, elle a dû voir et vivre des choses... Les jours d'avant leur arrivée, ni Imane ni Murina n'ont très envie d'en parler non plus, ça leur rappellerait trop ce à quoi elles ont assisté, et ce que leurs familles risquent peut-être encore – même si, il faut le croire, il faut le croire ! Ils sont sauvés, presque tous sauvés, absolument tous sauvés, et ils vont venir les chercher.

Chaque soir, pour qu'advienne leur délivrance, Imane fait sa prière à elle : elle sort un instant la photo d'Ocalan de la ceinture secrète qu'elle porte maintenant tous les jours, une photo toute cornée dont le grain commence à s'altérer par endroits, elle promet devant elle de tenir jusqu'à ce qu'ils soient réunis, puis elle le range vite contre elle et, la main posée sur la ceinture, elle répète, les yeux fermés, toutes les incantations qui lui passent par la tête, tous les souhaits, toutes les promesses. « Ocalan, on se reverra je suis sûre, prend bien soin de toi Ocalan, demande à Maman et Papa de penser à moi comme je pense à eux, je promets de ne plus jamais me mettre en colère, Ocalan surtout ne m'oublie pas, je te rapporterai un beau jouet, tout sera effacé on rentrera chez nous, si je me marie mon mari t'aimera autant que moi, je te ferai des brochettes comme tu aimes et on ira ensemble se faire photographier en ville, je te raconterai des histoires avec des héros dedans Ocalan, on ne se quittera jamais Ocalan… » elle marmonne à toute allure, sérieuse, concentrée – et même si la prière s'adresse à Ocalan c'est une prière pour tous les autres, sauf peut-être Gulan elle n'ose pas, Gulan n'a pas besoin d'elle ce n'est pas possible qu'il soit arrivé du mal à Gulan, Gulan on ne comprend pas il vaut mieux ne pas y penser, elle avait ses raisons qu'elle ne pouvait dévoiler, mais une prière pour ceux qui n'en peuvent mais, pour que tout cela s'arrête, une prière pour ce qui là-haut écoute, et autour partout, une supplication qui devrait imprégner même les dalles de la cuisine, les légumes séchés, une prière pour les gens dont elle vole bien involontairement la nourriture et le logement – de toute façon, dit Roanne, les anciens habitants préfèrent certainement que les filles profitent de ce qu'ils ont laissé sur place, plutôt que la Merguez, son compagnon et leurs invités. Car il a souvent des invités, la Merguez… certains soirs, Roanne n'a pas menti, la maison grouille… il n'est pas le seul à ne pas se battre, manifestement ! Ou alors, les autres reviennent des combats le soir pour manger le couscous ? « Alors, mon vieux, combien de rafales aujourd'hui ? Bien tué ? » Ce serait certainement un spectacle curieux, de tels repas - seulement, depuis qu'Imane et Murina sont là, les filles sont enfermées dans leur arrière-cuisine avant même qu'ils passent la porte. Elles doivent tout préparer avant, tout débarrasser après, mais surtout rester invisibles. Elles ne savent même pas la tête qu'ont ces terroristes… des barbes hirsutes, ça c'est sûr. Elles identifient parfois une voix, par exemple celle d'un homme qui doit venir d'ailleurs, un anglais peut-être, elles ne sont pas sûres – Murina dit que c'est le même accent que son professeur d'anglais, mais il est bien possible que ce professeur ait l'accent américain, ou australien, ou de n'importe quel pays où l'on parle anglais, ou son accent à lui tout simplement, qu'il transpose dans toutes les langues qui ne sont pas les siennes – malgré tout, elles surnomment rapidement l'inconnu l'Anglais, et elles se demandent ce qu'il fait là, à venir tuer de petits enfants youpez dont il est même étonnant qu'il ait jamais entendu parler.

L'été mûrit lentement, la chaleur est très grande, les hommes sentent mauvais à proportion. Les deux filles ont trouvé, comme Roanne, des vêtements dans les placards, après quelques jours d'hésitation elles se les sont appropriés, comment pourrait-on leur reprocher une telle vétille, dans leur situation ? Elles ont choisi ce qu'elles ont trouvé de plus terne, Imane ne veut plus entendre parler de mettre sa jupe rouge, elle l'a enfermée dans un linge avec la petite voiture dorée et quelques affaires qu'elle juge indispensables – maintenant elle est vêtue de beige et de gris. Elle essaie de ne pas sentir la sueur, non qu'elle ait gardé une certaine coquetterie, mais pour éviter de se faire remarquer, d'attirer l'attention du gros soldat ou d'un autre, peut-être ne restera-t-elle pas toujours cachée à la cuisine, l'une de ces bêtes qui pourraient renifler l'odeur femelle, et alors quelqu'un lui parlerait, elle devrait regarder, répondre, peut-être qu'ils se jetteraient sur elle, mais même s'ils ne font que la regarder, longtemps, avec ces yeux bizarres qu'ils ont ? La nausée la prend à cette simple idée... et puis elle oublie, retourne ranger, rêver devant les plates-bandes à ce qui pourrait y être planté, en essayant de ne pas se demander pourquoi il ne lui est encore rien arrivé, depuis la route blanche où ricochait trop de soleil, trois semaines avant peut-être ? Elle ne se rappelle pas... il vaut mieux essayer de ne pas y penser... Ne pas se demander, non plus, quand les leurs reprendront les villes, même celle où elle est, dont elle ignore l'emplacement et le nom. Parfois, un bruit d'explosion lui rappelle que tout peut très vite changer. On ne sait pas dans quel sens – mais changer.

3.

Un matin, Imane se réveille en sursaut. La Merguez est à côté d'elle, encadré de grappes d'aubergines et de tresses d'ail : il est penché sur le lit de Murina. Lentement, il retire la couverture qui la recouvre, et sa respiration est rauque. Imane reste interdite, le sang lui bat si fort aux tempes que son bruit de tambour couvre le souffle de l'intrus. L'homme vient de poser ses mains sur Murina, elle ne voit pas vraiment ce qu'il fait, il lui tourne le dos. Soudain, elle réalise que Murina est réveillée : ses phalanges sont agrippées au matelas, blanches à force d'être crispées – et d'un coup, son amie se met à hurler, à battre des jambes. Elle ramène ses mains devant son visage. L'homme la soulève, la secoue, il lui attrape les cheveux… Imane n'y tient plus, elle se jette sur lui par derrière, se suspend à son dos pour lui faire lâcher prise – il se retourne, l'envoie d'une pichenette rebondir contre les étagères, et elle s'écroule dans un fracas de bocaux.

« Tu cherches la mort, toi ? » lui dit son maître. Et à Murina, qui tient la couverture contre elle et s'en couvre jusqu'au menton : « Toi, tu me suis dans ma chambre. Ce soir j'ai du monde, tu vas te faire belle… mais ce matin je te veux rien que pour moi ! » Comme Murina ne bouge pas, il gifle Imane. « Tu veux que je démolisse ta petite sœur ? »

C'est vrai qu'elles ont dit ça… Murina regarde Imane, sa joue marquée d'une trace de main rouge. Elle se lève. « T'inquiète pas pour moi, chuchote Imane. Te laisse pas faire pour moi… » Mais Murina, pâle et tremblante, ne répond pas, elle se dirige vers la porte, suivie par le gros homme dont les mains se posent presque aussitôt sur son corps. Elle se raidit, et disparaît.

Les travaux habituels rythment la matinée, mais ce n'est pas pareil, sans Murina. Imane ne peut s'empêcher de penser à ce que la Merguez peut bien lui faire ; sa joue douloureuse, marquée d'une étoile de doigts bleus, cuit comme un rappel – et comme une question. Démolir sa petite sœur… ils n'ont aucun respect pour rien, ces animaux-là. Il n'y a pas de bruit à l'étage, au début. Imane tend l'oreille pourtant, dévorée d'inquiétude et de compassion. La maison n'est pas très bien isolée, s'il se passe quelque chose elle est sûre qu'elle l'entendra… mais non, à peine un murmure indistinct parfois, tandis qu'elle rage de devoir se mettre au ménage, et que le bouillonnement de l'eau qui coule dans sa bassine soit si sonore. L'eau noire qui dégoutte de sa serpillère ne risque pas de purifier le gros cochon qui manipule de son amie, bien tranquillement, au-dessus de sa tête... par rapport à ce qu'il est sale dedans, partout, le sol est plus que propre ! Tant de silence, qu'est-ce que ça peut bien signifier ? puis monte comme l'écho d'un combat, d'une chute, quelque chose de cinglant. En bas, Imane, à genoux sur le carrelage, pleure dans l'eau grisâtre, mais n'ose pas s'arrêter : la Merguez a prévenu qu'il avait du monde à dîner ce soir, une dizaine de convives qu'il leur faudrait sustenter – des colis énormes sont arrivés dehors d'ailleurs, que Roanne a eu du mal à porter.

Elles sont en train de trier les denrées qu'on vient de leur livrer quand retentissent des cris, puis des supplications. Murina répète quelque chose qu'Imane ne comprend pas, est-ce qu'elle l'appelle ? Elle n'a pas le cœur de monter, mais en même temps, si Murina l'appelle ? Tandis qu'elle reste bras ballants, Roanne sort de son silence. « Se contrôlera pas, tu vas voir, monte juste et il vous étranglera toutes les deux, ou alors pire, l'est armé tu sais... non tu sais pas... pas seul, il a l'air seul seulement... les autres, les autres, ils sont autour de nous, là derrière les murs... et pis vous étranglerent... » Sa voix est placide. Difficile de savoir si cela l'inquiète. Imane se rebelle :

« Et tu crois qu'ils vont nous faire quoi, hein, si on est sage ?
- Je peux pas te dire... ça, non, je peux pas te dire... »

Le bruit cesse vite d'ailleurs – et quand, un quart d'heure après, Murina descend, toute raide. Elle a les yeux rouges, le gris presque bleu au milieu du rouge. Ses cheveux clairs sont tout décoiffés, ça lui fait une sorte d'auréole lumineuse, comme le signe que rien ne peut vraiment l'atteindre, l'humilier... elle a l'air bizarre, mais ne semble pas mal en point. Imane, interdite, réalise qu'elle s'attendait à la voir tituber, à devoir la soutenir, la consoler... Murina ne cherche pas de consolation ! Son regard balaie l'espace autour d'elle, passe sur les filles sans s'y arrêter. Elle semble glisser jusqu'à la salle de bains, s'y enferme – Imane entend couler l'eau. Se débarrasser de ce qu'on peut laver, ça tombe sous le sens, évidemment. Tout peut se laver, même les affronts. Se purifier, c'est juste un geste, n'est-ce pas ?

Tandis que Murina se lave, les filles soulagées ralentissent le rythme des préparatifs, à vrai dire assez sommaires, qui leur incombent. En dehors des saucisses, elles se demandent ce que cet homme peut bien manger. Des humains ? Pas cuisinés ici, pour sûr. Crus peut-être ? Allez, soyons honnête, il ne boude ni le pain ni le blé concassé… Imane est sûre qu'elle l'a vu manger un fruit une fois… un fruit jaune, qu'est-ce que ça pouvait être ? Roanne hoche la tête, si elle était sa mère, elle ne serait pas fière de son éducation ! Elle croise le regard d'Imane, que l'idée ne fait pas sourire. Et la leur, de mère, est-ce qu'elle serait fière ? D'avoir une fille qui lave les caleçons d'un criminel, elle serait fière ? La mère de Murina, qui a fabriqué un ange, mais qui mourrait de honte d'avoir enfanté d'une traînée ? L'adolescente, soudain, a les larmes aux yeux.

« En tout cas, si on s'en sort, je ne pourrais plus jamais manger une saucisse, » glisse Roanne d'une voix blanche, et sa phrase tombe à plat. C'est qu'elle n'a plus envie de plaisanter non plus. Elles feraient mieux de s'occuper de Murina. Imane a très envie de la serrer dans ses bras, de lui dire que c'est fini, que rien n'est changé, rien. D'ailleurs elle passe vraiment trop de temps dans la salle de bains. Il doit y avoir un problème. Mais quoi ?

Les filles finissent par aller tambouriner à la porte. Murina ne répond pas. « Ouvre-nous, c'est nous ! Il n'est pas là ! » chuchote Imane, supposant que Murina a peur que son bourreau l'ait poursuivie jusqu'aux sanitaires. Murina continue à se taire. Aucun bruit ne sort d'ailleurs de la salle de bains. Les filles collent leur oreille à la porte, surprises – elles se regardent. Tout d'un coup, Roanne se met à hurler.

4.

Elle secoue la poignée de la porte en tous sens, comme prise de folie. Elle tape, tire, pousse, à coup d'épaule, à coup de genoux. La panique gagne Imane qui se jette en travers de la porte avec Roanne – et le verrou cède, tandis que le gros soldat satisfait, alerté par le bruit, descend l'escalier sans se presser.

La baignoire est pleine d'une eau rouge. Dans l'eau, le corps de Murina, d'un jaune cireux. Ses cheveux trempés, collés à son visage immobile, dessinent des hachures, des ratures rageuses. Elle a fermé les yeux, serré les lèvres. Elle flotte un peu, ses cuisses blanches, ses seins affleurent à la surface, galets ronds. Les seins ont de drôles de blessures, comme si elle s'était râpée. Sur le sol carrelé, un grand rasoir déplié tout sanglant. Bien sûr, des hommes ont dû habiter ici, et se raser. Elle a dû trouver ça dans un placard... tout simplement.

Roanne est restée à la porte. Imane a fait un pas de plus. Interdites, elles fixent le bain de sang, le carrelage rose autour de la baignoire bien propre, hormis les éclaboussures qu'y a jetées le rasoir en tombant. Leur maître a accéléré sa descente cependant, et les pousse brutalement dans la salle de bains en se précipitant. Il se jette sur la baignoire, en sort Murina, révélant les plaies béantes qu'elle s'est infligées. Il la charge sur son épaule, et soufflant et râlant, l'emporte sur le canapé, tandis que dans son dos la tête de la jeune fille ballote mollement, ses longs cheveux en paquets d'algue. De grosses gouttes rouges marquent son sillage... lorsqu'il s'en décharge, le corps livide tache les coussins de motifs irréguliers s'étendant sans cesse. Imane constate que la chemise de la Merguez est tachée aussi. Il crie d'une voix bizarre dans son téléphone en faisant les cent pas. Il a pris son pouls et elle n'en avait pas, il demande des secours, un docteur, il y a peut-être une chance. A un moment, il s'agenouille devant le corps et Imane est quasiment sûre qu'il pleure, le dos secoué par ce qui ne peut être que des sanglots. Il a l'air plus furieux que malheureux cependant, pas comme quand on perd quelqu'un. Et Imane se rend compte qu'elle devrait pleurer aussi, crier, s'arracher les cheveux, manifester sa peine – mais rien. L'immense désarroi qu'elle ressent l'anesthésie. Elle répète doucement, pour elle toute seule, « C'est ma sœur, c'est ma grande sœur... » mais ces mots, et pour cause, ne veulent absolument rien dire. « Amie », pas davantage. Etre ici n'a aucun sens. Ce cadavre n'existe pas. Dans le sang dilué, ses pas ont fait des traces qui ne vont nulle part. Adossée au mur, tandis que des hommes entrent sans même la voir, qu'ils chargent Murina sur un brancard et l'emmènent comme si ce n'était pas trop tard, elle regarde les taches rouges humides sur le sol qu'elle vient de laver, et c'est comme si c'était sa vie à elle, tiède et rose, qui faisait des ronds par terre. Elle se vide. Elle est vide...

Roanne, voilée, silencieuse, s'approche bientôt d'Imane, un grand foulard brun entre les mains, et entreprend de dissimuler sa compagne aux regards, presque trop tard. Elles sortent ensemble sur le pas de la porte, juste à temps pour voir démarrer la voiture qui emporte Murina. C'est tout de même censé être sa sœur, et on ne lui demande rien ? Pourtant on ne lui a pas proposé de la suivre... ni même de s'en approcher... curieux. Curieux aussi, ce foulard qui l'enveloppe comme un paquet vivant, couvrant son visage, l'aveuglant. Qu'est-ce qui a pris à Roanne de lui mettre ça sur la figure ? Elle ne voit rien, ni devant ni sur les côtés, et elle entend son propre souffle comme si elle hébergeait des poumons intrus. Est-ce que Roanne serait choquée par sa vue aussi, maintenant ? Ah non, les hommes... Elle a eu peur bien sûr... elle a tellement peur de tout... ça aussi c'est bizarre... et maintenant, emmitouflée elle aussi dans une sorte de housse anti-poussière, elle la tire par la main pour qu'elle retourne dedans. C'est vrai que c'est la première fois qu'elle sort... Murina, c'est la dernière fois... elle n'aura jamais vu la rue devant sa dernière demeure, jamais regardé à travers la porte ouverte, Murina. Cela aussi, vraiment, c'est... curieux. A petits pas, à reculons sur les traces de Roanne qui la tire par le dos de son vêtement, Imane regagne la cuisine. Une drôle de cuisine, tiens. C'est étrange qu'elle l'ait trouvée familière quand elle est arrivée : maintenant c'est un endroit qui ne lui dit rien. Elle s'assied sur sa couchette, en face de celle de Murina, et c'est comme si l'ombre épaisse de la Merguez se penchait à nouveau sur le lit vide. Elle regarde vaguement cette ombre. Ses yeux sont secs. Son cœur est sec. Elle ne se rappelle même plus que contre son ventre, repose le portrait de son petit frère. Elle n'a plus de petit frère, plus de famille, plus rien. En face d'elle, le blouson de Murina – machinalement, elle récupère le téléphone portable et le glisse sous son matelas, mais ce n'est ni pour éviter que leur geôlier ne s'énerve, ni parce qu'elle espère encore pouvoir appeler quelqu'un… non : un portable, c'est précieux, alors elle le garde. Le blouson de son amie a gardé son odeur, forcément, elle le renifle un peu mais elle ne sent rien, rien. Elle reconnait vaguement Roanne, tout au plus. Et la Merguez qui entre dans l'arrière-cuisine, manifestement ébranlé. Elle lève vers lui son regard vide, qu'il évite – et c'est en fixant le mur qu'il annonce à ses deux petites esclaves qu'elles vont devoir monter dans les chambres quand elles auront servi le dîner, parce que, maintenant que la blonde n'est plus là… il finit par jeter un œil sur Imane, et lui signale d'un ton mi-gêné, mi-dégoûté, qu'elle a vraiment l'air d'un gosse et qu'il aurait préféré qu'elle grossisse un peu, pas de ventre pas de fesses pas de seins, mais bon, elle a le temps de grossir ensuite, n'est-ce pas ? Elle sera bien gentille de manger ? Il sort ensuite à reculons, en regardant la pièce comme s'il cherchait un fantôme dans les coins, tant et si bien qu'Imane scrute l'ombre maintenant – mais il n'y a que des grappes de légumes secs, des bocaux et de la peinture qui s'écaille.

Monter dans les chambres… Imane a bien compris ce que cela veut dire, dans les grandes lignes du moins – les détails, elle n'en a guère entendu parler. Elle sait que ça veut dire aller avec les hommes, et qu'ils vont faire des choses à son corps, des choses intimes qu'ils n'ont pas le droit de faire, qui peut-être font mal ? Les brefs hurlements de Murina retentissent un instant dans ses oreilles, et elle fait le dos rond pour les laisser glisser sur elle. Se méprenant sur son état d'esprit, Roanne se précipite sur l'adolescente et la serre dans ses bras ; elle murmure que Murina certainement n'a pas voulu cela, et qu'elle est vraiment désolée. Imane se demande bien pourquoi.

Le visage caché sous ses longues boucles noires, elle respire doucement sans bouger. Elle n'a vraiment pas envie de bouger, ni d'autre chose d'ailleurs. Ainsi elle va monter dans les chambres, elle aussi, avec les gros soldats méprisants et suants, ceux-là même qui ne l'ont même pas vue en venant chercher Murina tout à l'heure. Bah… qu'est-ce que ça change ? Le plus dur, ce sera de se décider à monter l'escalier, après ils se débrouilleront. Elle essaiera de penser à autre chose. L'envie lui prend de demander à Murina à quoi elle a pensé, là-haut, et elle se met à pleurer.

5.

Les jours suivants, Imane se rappelle à peine ce qu'il s'est passé. Elle sait bien qu'elle a eu mal, elle a encore des élancements dans le bas-ventre, des douleurs intimes qui la mettent fugacement en colère. Elle a des cicatrices sur les cuisses, elle ignore pourquoi. L'ont-ils frappée ? Quelle importance ? Est-ce qu'ils ne sont pas condamnables quoiqu'ils lui aient fait subir ? De ce qu'elle a vu, elle se rappelle surtout que le tambour du lave-linge était là – mais ils n'ont rien fait avec, rien, juste il était là, ça l'a frappée, le tambour et plein d'autres choses absurdes, un seau en plastique rose, des cordes, un miroir, un genre de filet de pêche, d'autres choses qu'elle n'a pas reconnues, tout ça posé en vrac, pourquoi, elle ne sait pas, ou ne sait plus.

Lorsque la Merguez est là, cependant, elle a des images qui reviennent – son gros visage bouffi tout suant collé au sien, des entre-jambes d'hommes rouge et brun et noir devant ses yeux, Roanne à quatre pattes, en larmes… elle revoit aussi le pansement pas très propre que leur violeur arbore toujours sur le flanc, quoiqu'il semble avoir retrouvé sa vigueur. Elle regardait beaucoup la gaze blanche pour éviter de voir le reste, elle a essayé de carrément fermer les yeux mais elle avait trop peur – maintenant, les yeux fermés, c'est encore pire, du sang mêlé de glaires ruisselle sur l'écran de ses paupières - alors elle secoue la tête comme pour faire tomber les visions de sa rétine, elle serre les dents, fixe le plat de semoule ou les légumes farcis devant elle, ou alors le lustre au plafond, un coin de ciel au-dessus du mur de la cour. Et ça passe. Il ne lui est rien arrivé. Rien. Elle a des traces poussées toutes seules, ou elle s'est cognée la nuit, râpée contre une corde peut-être ? Une corde ? Elle ne sait pas, mais ça n'a pas existé, tout ça. Encore moins que la maison familiale, le potager plein de soleil, la cour immense où fut dressée une table de fête, nappe brodée, gâteaux au miel… oui, elle a connu des gens très bons, des gens profondément aimants, profondément gentils, un enfant aux yeux verts qu'elle continue de chérir et qu'elle ne reverra jamais… et voilà qu'elle est tombée dans un trou, et ils l'ont sûrement oubliée, et ils continuent à vivre et à rire et à s'aimer – ou alors ils sont tous morts, couchés au bord d'un chemin, sous la terre – mais qu'est-ce que ça change donc ? Elle vit – si peu, au vrai, à peine... elle vit une autre vie, qu'elle n'a pas choisie, qu'elle ne peut pas changer – rembobiner.

Quand, quelques jours après la mort de Murina, une autre jeune fille arrive à la maison, Imane, mutique, la salue d'un hochement de tête, et laisse Roanne lui expliquer comment les choses sont organisées. Entendre sa compagne égrener leurs obligations et les contraintes qui leur pèsent la surprend : ses jours sont donc si nettement intelligibles qu'on puisse les décrire ? elle reconnait pourtant les heures confuses du proche passé dans les phrases claires de son aînée, qui la regarde de temps en temps en biais, hésitant à aborder le sujet de Murina. Et c'est Imane elle-même qui, cessant soudain de regarder le mur, affirme tranquillement :
« Tu sais qu'il t'a achetée pour remplacer une fille qu'il a tuée ? »

Chichek, la petite nouvelle, est énergique et rieuse. Elle a un œil plus petit que l'autre, des fossettes partout, le regard qui brille. Elle est toute petite, à peine de la taille d'Imane quoiqu'elle soit adulte, ronde d'un peu partout, nettement plus lourde. Même ce qu'elle vient d'entendre n'arrive pas à l'abattre. Elle interroge Roanne du regard, et Roanne précise qu'il ne l'a pas exactement tuée. « De toute façon, on est toutes un peu mortes », ajoute Imane, et elle retourne au silence. Chichek veut comprendre ; Roanne, par bribes, lui explique vaguement le bruit là-haut, la salle de bains, le sang, les hommes qui sont venus – rien n'est clair, et elle laisse tomber : pour résumer, Imane a été choquée. L'intéressée ne réagit pas plus qu'au récit lui-même... depuis qu'elle est mutique, absente, il est visible qu'elle a légèrement maigri, séché : elle se nourrit à peine, déglutit avec difficulté. Ses yeux sont cernés d'ombres bistre, et mangent un visage qui a perdu son côté poupin. Un pli amer marque les commissures des lèvres, et la crinière mal peignée d'Imane semble déplacée sur ce petit visage, ce petit corps tout fin. Chichek, au contraire, affiche une santé crâne. Elle serre l'adolescente dans ses bras, lui assure gravement que ça va passer, qu'elle est plus forte que ça, qu'elle va, qu'elles vont, le leur montrer – hein ? On va le leur montrer, qu'ils ne peuvent rien nous faire ! Ils nous ont attrapées, et alors ? Enfermées ? Et alors ? Même s'ils nous ont tout pris... Et maintenant, ils ne peuvent plus rien prendre ! Qu'est-ce qu'ils croient, ces sous-hommes ? Qu'on vaut moins qu'eux ? Ils se sont trop regardé le nombril hein ! Voilà qu'ils le prennent pour l'œil de leur Dieu ! Ils doivent cligner du nombril en se le regardant, voilà, c'est toute leur vie. Après ils tuent tout ce qui bouge et ils sont contents. Et tu crois que ça va durer ? Pfff… l'idée que ça puisse durer abat même Chichek, qui se tait une seconde. Imane la regarde distraitement, comme elle regarde la télé. D'où peut bien venir cette fille-là ? Elle ne comprend donc rien ?

La nouvelle venue a repéré son lit, s'est changée, a inventorié les bocaux, et se hâte maintenant de trier le linge sale, le plus clair d'abord. Peut-être a-t-elle vraiment envie de travailler ? Elle dit qu'elle vient d'une autre maison, que son maître d'avant a été tué, que ça tombe bien, parce que c'était moins beau que celle-là. Elle traîne dans la cour, près du lavoir, la grosse cuve où elle a mis à tremper un tas de torchons et de chemises, puis fait demi-tour, et, le savon à la main, revient à la charge : « A vous aussi, il a dit qu'il fallait vous convertir à sa religion ? » Elle éclate de rire : « Sa religion ! Elle est bonne ! Il a une religion, il croit ! Il veut nous l'apprendre même ! Il m'a dit qu'il allait nous épouser ! Tu parles d'une motivation ! Nous épouser !! » elle s'esclaffe plus fort encore, et les larmes lui viennent aux yeux, tandis qu'Imane surprise la regarde, prise d'un vague intérêt. De quoi est-il question ? Qui va se marier ? Elle a du mal à associer les hommes brutaux qui l'ont assaillie, dont une brume de honte et de déni brouille le souvenir, et l'idée d'un mariage. Les fiançailles de Zaza… Son mariage à elle ? Elle voulait un homme aux yeux verts, aux yeux d'Ocalan ! Il croit qu'il a les yeux d'Ocalan peut-être, la Merguez ? Elle part d'un petit rire idiot, puis ferme les yeux, et replonge dans l'oubli.

6.

Une vidéo qui tourne en boucle, et répète des versets du Livre Unique récités par une femme couverte de vêtements noirs, le regard fixe, pénétrant. Il faut rester devant, prier aux heures imparties, c'est-à-dire presque tout le temps. Entre les prières, s'entraîner à prier, répéter les mots abricains qu'on s'efforce de ne pas comprendre, parce qu'on ne veut rien savoir de ce qu'on essaie de nous inculquer, parce que notre cœur est fermé avec notre passé dedans, notre âme imperméable aux menaces et aux objurgations. Même vide, même presque en allée, notre âme – ces mots-là jamais n'y seront imprimés, jamais !

Elles ont bien essayé de résister vraiment, de dire non, de se taire quand il fallait réciter, d'être dignes, d'être grandes. Seulement il y a beaucoup de soleil, et la Merguez et ses amis – il est secondé dans son entreprise de conversion – les ont attachées dehors, en plein milieu de la cour, sans rien à boire ni rien pour se couvrir, et elles ont commencé à brûler, à voir des choses. Leurs lèvres craquelées, leur peau pelée, la langue épaisse à force de déshydratation, râpeuse et encombrante... pour boire, on leur a servi de l'eau boueuse, le soir – il y avait même des bêtes mortes dedans, de petits insectes noirs pleins de pattes qui flottaient innocemment dans cet échantillon de flaque. Ils ont eu aussi l'idée saugrenue de les battre pour leur apprendre, ou pour les punir d'être ce qu'elles sont, elles ne savent pas bien – à coups cinglants de câbles électriques, qui leur ont fait de grandes stries noires sur le dos, les bras, les cuisses – comme si ça aidait à apprendre une prière, d'être fouettées ? Comme si ça rendait leur Dieu attirant...

Quand, le soir, on les libérait, hébétées, elles avaient la maison pour elles toutes seules – la Merguez raccompagnait les bourreaux raffinés qu'il avait appelé à la rescousse et passait ses soirées avec eux. Elles avaient mal partout, envie de rien, mais Roanne avait décrété qu'il ne fallait pas se laisser aller – elle pensait, évidemment, à Imane. Alors, elle cherchait dans les provisions de quoi organiser des festins improvisés, sacs de fruits secs, conserves variées, et les filles partageaient dans l'ombre de l'arrière-cuisine une dînette de voleuses, couvrant leur douleur de leur rire, et même

Imane souriait parfois des mimiques de mendiants éclopés réclamant la pitié que ses compagnes arboraient, caricatures d'elles-mêmes qui les faisaient s'esclaffer. Et bien sûr, pendant que les monstres les laissaient seules, elles se juraient de ne pas céder… seulement Chichek a fini par attraper quelque chose, à force de mauvais traitements. Brûlant de fièvre, vomissant, elle a été emportée à l'hôpital – et l'arrivée des brancardiers a réveillé de si mauvais souvenirs chez Imane que le lendemain, à la vue de ses bourreaux, elle a murmuré qu'elle se convertissait. Roanne consternée a essayé de faire appel à son honneur, ce qu'Imane a trouvé plus drôle que ses grimaces nocturnes ; puis la jeune femme a cédé, comprenant qu'en fait de stratégie, survivre était la seule valable… et c'est ainsi que les trois filles se sont adonnées à un nouveau jeu : la caricature de ce qu'on leur demandait d'être.

Devant les hommes, la Merguez et ceux à qui il les laisse voir, pourvu qu'elles soient plus voilées que des cages à perruche la nuit, les filles sont silencieuses et serviables ; passée les portes en enfilade de la cuisine et de l'arrière-cuisine, c'est une autre affaire. Il y a quelques jours, Chichek a inventé ce qu'elle appelle la danse du déballage, et s'est mise à se dandiner lascivement en remuant des hanches, son vêtement retroussé jusqu'au-dessus du nombril, le visage couvert par la double épaisseur de son voile et de sa jupe… mais c'est pour faire son intéressante bien sûr, ça n'a rien agréable de danser quand on a passé sa journée à récurer, à balayer et à prier, engoncée dans plusieurs couches de tissu tout raide, par trente-cinq degrés à l'ombre. Les filles se demandent bien comment font les autres femmes, du moins les fanatiques religmanes, celles qu'on n'a pas obligées : est-ce qu'elles ont l'habitude, qu'elles s'y sont faites progressivement ? Elles aussi, elles se couvrent même dans la maison, sous prétexte qu'il y a des hommes – même si les mêmes hommes les violent tranquillement à l'étage ? Est-ce qu'elles étouffent tout le temps pareil qu'elles, dans leurs déguisements de fantômes obscurs ? Il y a des mystères.

Imane avait laissé sans regret, en arrivant, sa longue jupe rouge dans un coin ; elle y est toujours, il paraît qu'une jupe rouge, ce n'est pas suffisamment modeste… d'ailleurs il n'y a pas à déterminer ce qui est modeste, il y a une tenue réglementaire et c'est tout. Il paraît que c'est cela, être religmane… Imane se rappelle vaguement les foulards colorés de

Marraine, sa gaîté, son beau visage sérieux, le khôl autour de ses yeux… c'était pourtant une bonne religmane, de l'avis général… On ne sait pas trop ce que c'est, l'avis général, encore moins ce que ça vaut, mais quand même… Cela ne change rien, ce que disent les bourreaux n'a pas besoin d'être vrai, ni même d'être cru. Ce qui est vrai cependant, c'est qu'il y a une bonne et une mauvaise façon de s'habiller, et que la bonne, c'est de devenir pire qu'invisible : être à chaque instant punie par l'épaisseur et le poids de son invisibilité. Elle n'est pas sûre que ça la dérange, mais elle n'est pas sûre non plus que ça ne la dérange pas. A vrai dire, elle ne sait plus très bien quel vêtement elle doit porter pour n'être pas travestie, le feuilleté noirâtre dont les manches descendent jusqu'à la paume et se salissent dans les assiettes qu'elle débarrasse, la tenue de fête, le pantalon, trouvé dans une chambre, qu'elle croyait discret et distingué, la blouse brodée qu'elle portait en arrivant, le foulard et le blouson que Murina leur a abandonnés, que personne ne lui a encore pris ? Existe-t-il un vêtement qu'elle pourrait passer, et aussitôt elle n'aurait plus l'impression d'être en trop, d'usurper quelque chose et, en même temps, de ne pas avoir la moindre importance ? Existe-t-il une tenue magique, qui soudain ferait qu'elle se reconnaisse ?

7.

« Il est parti ! »

Chichek entre en trombe dans la cuisine, se rue dans l'arrière-cuisine, se défait tout aussi vite de sa tenue charbonneuse, qui, dit-elle parfois, est si peu moulante qu'elle lui ferait facilement croire qu'elle a enfilé un abat-jour. En chemise, elle cherche la robe légère dans laquelle elle est arrivée, sous l'œil réprobateur de Roanne, qui, accroupie devant le four, est en train de le nettoyer, alors que personne ne le lui a demandé.

« Comment tu peux être sûre qu'il ne va pas rentrer dans une minute ?
- J'ai entendu la voiture démarrer ! Ils étaient en tenue militaire, et lui aussi !
- Avec ces gens, on ne sait jamais ce qu'ils ont en tête...
- Ils criaient « Dieu vaincra ! » comme des malades, je suis sûre qu'ils ont plein de choses à faire ! »

Roanne se relève, les mains noires, une brosse pleine de suie à la main. Elles savent bien, n'est-ce pas, quel genre de choses peuvent avoir à faire des fanatiques lourdement armés, quand ils enfilent une tenue militaire ? Elle se doute aussi que si la Merguez est reparti se battre, c'est que sa blessure est guérie. S'il revient vivant et en bonne santé, que ne leur fera-t-il pas subir ? Ne réalisent-elles pas que le traitement qui leur a été réservé, s'il a conduit Murina à mettre fin à ses jours, a été plus clément cependant que ce à quoi il aurait fallu s'attendre si leur geôlier n'avait pas eu le torse troué de morceaux d'explosifs ? Qu'en somme, par conséquent, on avait eu une certaine chance ?

Chichek hausse les épaules. De la chance, il ne manquait plus que ça ! De la chance ? Elles veulent savoir, peut-être, ce que ce serait, avoir de la chance ? Même la fille qui s'est évadée, dans le hangar où elle a été parquée, est-ce qu'elle a eu de la chance ? La chance, qu'on ne lui en parle pas !

- Pourtant, rétorque Roanne, tu dis toujours que ça pourrait être pire.
- Je m'en fous, de ce que ça pourrait être ! Comment c'est, ça ne s'appelle pas de la chance !
- Attend de voir ce qu'ils feront en rentrant.
- Je m'en fous, de ce qu'ils feront ! Ils ne m'auront pas ! Ils n'auront rien du tout ! C'est pas une question de chance !

Roanne ne répond pas. Elle est de nouveau penchée sur le four, la tête courbée pour mieux voir.

« Il y a une fille qui s'est évadée ? » demande Imane.
- C'est ce qu'on m'a dit…
- Quoi, exactement ?
- Qu'elle a réussi à s'enfuir. Personne ne sait comment, mais elle a gagné les collines, juste avant d'être vendue, hop, elle a disparu, et maintenant elle s'occupe de racheter des filles.

Un silence – et Imane, hésitante, interroge :
- Mais alors moi, pourquoi elle ne m'a pas rachetée ?

Chichek s'énerve : elle est encore plus dingue que l'autre, vraiment, cette Imane ! Heureusement qu'elle ne parle pas beaucoup, si c'est pour dire des âneries pareilles ! Pourquoi donc l'évadée l'aurait-elle rachetée ?

« Parce que c'est ma sœur, tiens…
- Dis-donc, se moque Roanne, tout le monde est ta sœur ! »

Imane retourne au silence, les larmes aux yeux. Elle regarde les bocaux de conserves, où flottent des morceaux de légumes beiges, chairs décolorées qui se défont.

« Et cette fille, l'évadée, reprend Roanne, t'la connais ?
- Non… pas vraiment, non, mais on était dans le même hangar, quand on nous a attrapées.
- Et comment tu sais qu'elle s'est évadée ?
- Une fille l'a vue.
- Hein ?
- Et elle l'a dit à une autre fille, et…
- Et pis qu'elle rachetait des Youpez kidnappées, c't aussi une fille qui l'a vu ?
- Si ça t'intéresse pas, je me tais, hein. »

Imane continue à fixer les étagères. Sur les bocaux, des reflets dansent, ses compagnes y mettent, en s'agitant, la teinte mouvant de leur tenue.

« C'est une fille qui a été achetée avec moi. On a entendu une Youpez à la radio, qui parlait de racheter ses sœurs, et elle avait été séquestrée, elle s'était enfuie, et la fille m'a dit qu'elle était avec nous, qu'elle l'avait vue se glisser dehors, la nuit, juste avant qu'on nous vende, quelqu'un lui avait ouvert.
- Elle a reconnu la voix ?
- Oui.
- La connaissait pas. C't'absurde.
- Elle connaissait sa voix.
- Mouais.
- De toute façon, même si c'est pas vrai, à la radio c'est vrai qu'on l'a entendue. Elle avait été arrêtée sur la route, à un barrage, et on l'avait mise dans le hangar, et tout ce qu'elle disait ça collait. »

Imane tremble. Est-ce qu'il y a eu plusieurs geôles ? Plusieurs filles qui ont disparu, dans ces geôles, la veille de leur vente ? C'est Gulan. Mais alors, quelqu'un lui a ouvert ? Une autre fille ? Un Youpez ? Quand même pas le traducteur ? C'était qui, ce traducteur ?

Allons bon… Gulan vivante, sauvée ! Ce que la photo d'Ocalan ne peut plus tirer d'elle, ce que ni la jupe rouge ni le téléphone éteint ne provoque plus, voilà que cela renaît soudain ! Gulan, sauveuse ? Gulan, la cherchant ! Mais alors, elle qui a réussi à s'enfuir, elle réussira bien aussi à la tirer de là ! Rentrer… une bouffée de joie pure la submerge, bientôt retombée. Imane soudain a peur de rentrer chez elle. Qu'est-ce qu'ils vont penser d'elle, après tout ce qu'on lui a fait ? Elle a si peu lutté… Tous ces hommes, et cette fausse religion dont elle a couvert la sienne ? Cela mérite la mise au ban, certainement ! Elle n'a pas eu le choix, pourtant… allons bon… est-ce que Gulan voudra quand même la sauver ? Gulan, elle comprend tout ! Elle au moins, elle va comprendre !

« Alors, interroge Roanne, décidément méfiante, tu as été vendue il y a longtemps ? Pourquoi t'arrives que maintenant ?
- Le type qui m'a achetée, s'esclaffe Chichek, m'a donnée à votre Merguez après usage ! Tout compte fait, le modèle ne lui convenait pas !

Le rire de Chichek résonne longtemps. Elle s'approche des étagères, détache une tresse d'ail, s'en fait un joli collier parfumé et danse doucement en fermant les yeux, l'air ravi.

Imane se rappelle la cour poussiéreuse, la main de Murina dans la sienne, Gulan introuvable, son inquiétude. En fait elle était en train d'en profiter pour s'évader ! Elle voulait s'enfuir et la racheter ! Est-ce qu'elle aurait racheté Murina aussi ? Certainement, elle aurait racheté Murina. C'est Gulan, c'est sa sœur, elle la connaît. Elle était si silencieuse, aussi ! Elle devait être en train de mûrir un plan. Quelque chose de trop compliqué pour deux, sinon elle l'aurait emmenée, c'est sûr ! Ou de trop risqué peut-être. Gulan voulait tant la protéger. Gulan… Bien sûr, Gulan ne peut pas l'avoir abandonnée… Elle n'a pas le droit d'envisager une chose pareille. Cette Gulan ! Imane est stupéfaite de ne pas avoir davantage pensé à sa sœur. Une héroïne ! Elle avait bien raison de se fier à elle, toute sa vie elle a eu raison. Est-ce qu'elle a pu rejoindre la famille ? Ocalan ? Maman ? et Noor, et Rajo, et Afran, et Hana, et sa petite nièce, son autre frère Zaza, la fiancée de son frère ? Les oncles, les tantes, les cousins ? Ils doivent bien être quelque part, et s'inquiéter pour elle ! S'ils ont retrouvé Gulan, ils doivent penser à la retrouver, elle aussi ! Ils doivent espérer ! L'idée de cet espoir donne du courage à Imane, plus de courage que de dégoût. Elle existe encore, dans la tête et dans le cœur de beaucoup de gens, elle existe, elle est aimable, elle est valable, elle existe ! Mon Dieu, pourvu qu'ils pensent toujours qu'elle est valable… Qu'elle est… les filles, quand elles remuent, mettent sur les bocaux de verre des taches de lumière mouvante, et Imane maintenant les contemple, muette, tandis qu'espoir et crainte sédimentent de concert, secrètement.

« Et elle est où, s'enquiert Roanne, la fille qui rachète des Youpez ?
- Ah ça… j'en sais rien, moi. La fille qui la connaissait disait qu'elle faisait la guerre dans les collines, mais j'imagine qu'elle l'a inventé. C'est juste parce qu'elle sait qu'il y a des filles qui font la guerre dans les collines !
- La guerre ? Des filles ?
- Ben oui ! Tu n'as pas vu ça, aux infos ! Il y a des filles soldats chez nous maintenant ! Tu sais pourquoi ?

Chichek part d'un grand rire, se plante devant Roanne avec son collier d'ail, et explique :

- Si une femme les tue, ces animaux-là, ils croient qu'ils vont direct en enfer ! La honte intégrale ! C'est trop drôle ! Les filles soldats, ils en ont une trouille bleue ! Ils se font caca dessus ! Direct en enfer !

Chichek se met à sautiller comme une petite fille, d'un pas dansant, quoiqu'elle soit nettement plus âgée qu'Imane. Elle sort de l'arrière-cuisine en chantonnant une chanson d'enfant, tournoie autour de Roanne qui, le four nettoyé, s'est mise aux fourneaux.

- On se fait un petit festin Youpez ? Il reste quelques aliments civilisés ?
- Pas tellement, non… plutôt des bouts de saucisse brûlée en manteau de semoule…
- Ils n'avaient pas livré du fromage frais ?
- Ah si. Personne ne l'a mangé.
- Légumes farcis, les filles ! Aujourd'hui, c'est jour férié, on a le droit d'être nous-mêmes !

Chichek pose ses têtes d'ail, se passe de l'eau sur la figure, et s'étire en souriant. Puis elle jette un œil vers la porte, et croise le regard d'Imane, le visage plein de larmes.

- Ça ne va pas ?
- Oh si ! Imane sourit. Ça va beaucoup mieux…

Elle rejoint ses compagnes dans la cuisine, ouvre grand les fenêtres, décide d'aller voir, dans la cour, s'il n'y a pas un peu de menthe qui a repoussé : c'est increvable, ces plantes-là.

8.

Tout de même, la Merguez manque d'organisation, se disent les filles. Il ne comptait sans doute pas les affamer, mais il ne leur a même pas laissé assez à manger, ni dit quand il revenait, ni quand quelqu'un leur apporterait quelque chose – enfin, rien. Elles n'en reviennent pas qu'il n'y ait pas le moindre homme pour les garder ! D'ailleurs il y en a peut-être un : comme la porte d'entrée est bien sûr fermée à double tour, elles ignorent tout à fait ce qui peut se passer sur le seuil – mais aussi comment on pourrait leur apporter à manger. Il a peut-être laissé la clef à quelqu'un... ou il pense qu'elles ont suffisamment de restes pour tenir pendant plusieurs jours ? Les filles en doutent ; elles pencheraient plutôt vers l'impéritie, tout simplement. Il a oublié qu'il fallait s'occuper d'elles, maintenant que, par principe, elles ne peuvent plus se débrouiller seules. Ce n'est pas non plus la disette... il y a des pois chiches pour un an...mais par exemple, il ne reste ni fruits ni légumes, alors qu'est-ce qu'on fait ?

Chichek, qui n'aime pas du tout attendre, a repéré par-dessus les murs de la cour des feuillages prometteurs : il y a sans doute des arbres fruitiers. Elle pourrait aller voir. Evidemment, il faut sauter le mur, mais dès qu'on est débarrassée de la tenue officielle, c'est très faisable... seulement ce serait mieux à deux, lui semble-t-il. Pas seulement pour se faire la courte-échelle. Quitte à cueillir des fruits, autant en apporter de pleins sacs ! Roanne est choquée :

« Tu veux aller voler les fruits des voisins au milieu de leur cour ?

- C'est pas du vol ! Si quelqu'un habite là, c'est sûrement pas à lui, ces fruits !

- Peut-être. Peut-être pas. Et pis tu sais, toi, si certains habitants sont restés ?

- Il n'y a qu'à regarder par-dessus le mur, déjà. Si c'est plein d'herbes folles et que les vitres sont poussiéreuses, ou si les vitres sont cassées, je ne sais pas... il doit y avoir des signes, je suppose.

- Et pis s'il n'y a aucun signe ?

- Laisse-moi regarder.

- S'il n'y a aucun signe, que tu sautes dans la cour, et qu'un soldat te capture et te torture à mort, vas quand même la chercher, ta pêche ?

- Les soldats sont tous allés se battre dans leurs grosses voitures bruyantes… je suis sûre qu'il ne reste presque personne…
- Et si le dernier qui reste, l'est dans la maison d'à côté ?
- Tu n'as qu'à pas venir. Laisse-moi au moins regarder !
- Rien que s'ils voient ta tête, ils peuvent y loger une balle pour rire… »

Chichek n'écoute pas. Elle se dirige vers le mur blanc, dont les parois irrégulières offrent suffisamment de prise pour progresser sans difficulté. Elle a de la chance, il n'y a ni tessons ni barbelés tout en haut, seulement de la poussière claire. Lentement, précautionneusement, elle se hisse juste assez pour découvrir l'autre côté.

« Alors ?
- Alors c'est complètement désert. Complètement ! Il y a du linge qui doit sécher depuis un mois et demi dans la cour, il est tout raide et tout poussiéreux ! Il n'y a aucun risque !
- Sais pas. N'y a jamais aucun risque, ici.
- Presque aucun, alors. Tu ne viens pas ?
- Je peux venir, intervient Imane. J'escalade bien. A l'école, en cours de sport, j'étais celle qui arrivait en haut de la corde en premier. »

Légèrement vêtues, munies de sacs vides, elles ont grimpé souplement, prudemment, et ont sauté de l'autre côté comme on aborde une terre inconnue. C'était une cour pareille à la leur pourtant, à cela près que personne n'avait saccagé les plates-bandes, et que deux arbres y poussaient – un petit abricotier chargé de fruits mûrs, et un figuier tortueux qui semblait stérile, un mâle peut-être. Aussitôt à terre, Chichek s'est précipitée sur les abricots – la plupart étaient tombés dans la poussière, où ils séchaient à demi, pourrissaient abondamment, tournaient confiture, et leur chair embaumait l'air – il était deux heures, elles s'étaient dit que la chaleur découragerait quiconque de sortir, et que c'était une sécurité de plus. Le sang battait aux tempes d'Imane, qui, maintenant qu'elle était à découvert dans cette cour tranquille, n'osait plus faire un pas. Chichek, la bouche pleine de jus, mangeait et jetait les noyaux en riant. Imane a fini par s'approcher doucement :

« Dépêche-toi plutôt. Ce n'est pas sûr, ici.
- Pas sûr ? Mais au contraire ! C'est la liberté !
- On est dans une cour au milieu des monstres, on n'a pas passé la frontière...
- Il doit bien y avoir moyen de s'échapper.
- En laissant Roanne ?
Chichek haussa les épaules.
- Chacun pour soi, non ?
- Ce n'est pas comme ça qu'on risque de s'en sortir.
- Tu sais comment, toi ?
- Non. Tu rentres ?
- Allez, viens... on regarde si on peut sortir, au moins...

Imane a du mal à retenir sa colère. Elle est juste venue ramasser des fruits, et voilà qu'on essaie de la forcer, qu'on lui demande de s'enfuir d'un coup, sans être préparée... fuir avec quelqu'un en qui elle n'a même pas confiance... en même temps, l'idée ne lui déplaît pas. Essayer au moins. Gulan a bien réussi, elle. Enjamber les murs, se retrouver au coin d'une rue... dans cette tenue ?

« Tu comptes t'enfuir en robe à fleurs ? Tu ne ferais pas trois mètres... il faut mettre ta tenue de fantôme, personne ne te reconnaîtra au moins !
- De toute façon, les femmes n'ont pas le droit de sortir sans un homme, ici.
- On n'a aucune chance...

Mais Chichek se dirige vers le fond de la cour, que borne un mur particulièrement délabré. Elle se hisse, ravie, regarde par-dessus... et redescend, livide.
« Allez viens, tu as raison : on rentre. »
Tandis que les filles rebroussent chemin, chargées de sacs de fruits, Imane s'interroge. Pourquoi ce revirement ? Elle ne se savait pas si convaincante... dès qu'elles ont regagné leur maison, elle essaie d'en apprendre davantage, mais en vain : Chichek lui répète juste qu'elle avait raison. Plus tard, barbouillée d'abricots, Imane se dit qu'elles auraient dû au moins explorer la maison, qu'il y avait peut-être un chargeur dedans ! Ou

alors… plein de choses utiles, sans aucun doute. Des armes ? De quoi se défendre, arriver à s'enfuir ? Elle commence à rêver… elles seraient toutes les trois dans la rue, le soir, en habits d'homme, armées de revolvers, elles longeraient les murs, elles iraient vers là où la ville s'arrête, où les collines naissent… c'est quelle ville d'ailleurs, cette ville ? Ou sont les collines ? Depuis la rue, elles verraient sûrement les collines… elles trouveraient le chemin… Tandis qu'elle rêvasse ainsi, ses paupières s'alourdissent, et elle s'endort.

La voix de ses compagnes la réveille bientôt. Il est question d'une petite fille… attachée ? Qu'est-ce qu'elles racontent ? Elle se redresse brutalement, et les filles se taisent. Une petite fille, où ça ? Demande-t-elle. Dans la cour, lâche Chichek. Dans la cour là derrière, en plein soleil.

Tandis que son rêve s'émiette et se dissipe, Imane se demande si elle veut en savoir plus. Mais non… elle ne veut rien savoir, rien connaître de ce monde ignoble, de ces actes ignobles, de cette ignominie sur laquelle elle n'a pas de prise. Elle veut juste se rendormir… ne pas penser à ce qui les cerne, ne pas penser à ce qui les attend, mais, un goût d'abricot dans la bouche, se rendormir…

« Quand je suis arrivée ici, dit Roanne, moi aussi, j'avais une petite fille. »

9.

Cette nuit, l'évier s'est mis à fuir. Les gouttes d'eau égrènent le temps qui passe, irritantes : aucune d'elle ne sait comment réparer. Roanne a essayé d'entortiller un torchon autour du tuyau défaillant, pour que l'eau au moins cesse de tomber ainsi, avec ce désagréable petit bruit auquel le silence alentour, au bout d'un moment, confère la puissance d'un hurlement. Mais le torchon lui-même goutte. Il faudrait pouvoir s'éloigner... c'est bête, elles peuvent, puisqu'il n'y a personne, mais elles n'osent pas quitter leur refuge habituel, leur tanière sombre dont la porte verrouillée n'ouvre plus sur rien. Et puis elles se disent qu'ainsi elles peuvent surveiller, vider la bassine à temps. Il faudra trouver le robinet, couper l'eau de la cuisine, c'est sûrement facile – mais ensuite comment vaquer aux occupations quotidiennes ? Faudra-t-il occuper la salle de bains ? Imane y passe le moins de temps possible depuis la mort de Murina, elle s'y sent mal à l'aise et comme en danger. Un peu de culpabilité, d'être encore en vie quand Murina, plus pure, n'a pas supporté ce qu'on lui avait fait... et puis elle se dégoûte, s'occuper de son corps la dégoûte, elle déteste toucher sa peau nue, sale d'une saleté qu'aucune eau n'enlève, sale des mains des autres, des yeux des autres... dans la salle de bains, les yeux verts de Murina la regardent. Elle ne peut se défaire de cette impression étrange. Pas méchamment, non... mais des yeux de dégoût... mais c'est encore pire que d'être nue devant la Merguez et ses invités, quand Murina la regarde ainsi.

Cette nuit, parce que l'évier fuit, les filles se disent qu'il faudrait un homme. Elles s'inquiètent d'avoir vaguement pensé qu'un des types immondes qui fréquentait la maison jusqu'au départ du bourreau en chef, c'était déjà ça, quand l'eau fuit. Elles ne l'ont même pas dit, mais elles s'en veulent.

Cette nuit, à cause d'une fuite d'eau, la tension est grande, presque palpable. Chichek, à sa façon, en profite pour faire n'importe quoi : elle marche sur les mains, elle imite les poules, elle prétend que la Merguez reviendra manchot, qu'il ressemblera bien davantage à une saucisse, et elle montre, le nez dans une assiette, à quel point il mangera salement – puis elle hurle de rire, la tête pleine de sauce et de blé concassé. Imane en a assez de ces poussées de folie : elle n'a pas du tout le cœur à rire, elle aimerait être au calme, se détendre, oublier. Elle finit par aller dormir au salon, sur le canapé. Roanne et Chichek ont laissé la lumière électrique allumée à la cuisine, quoiqu'elles soient, semble-t-il, dans la réserve. A travers la porte ouverte, une sorte de bulle jaune rayonne dans l'obscurité du séjour ; tout autour, le reste est entièrement gris, calme, désarmé. Couchée sur le ventre, la joue sur les coussins du canapé, Imane regarde le carrelage. Sur le grès pâle une petite araignée progresse lentement, plus sombre. Elle hésite à l'écraser, retire son doigt, la suit des yeux. Pauvre petite bête que tout le monde déteste... c'est elle, cette araignée – on peut l'écraser d'un coup, sans y penser. Elle doit ramper le long des murs, apprendre à tisser des fils pour ne pas se perdre... ce sont des pièges, les fils des araignées. Est-ce qu'elle doit apprendre à tisser des pièges, elle aussi ? Sûrement. Elle n'a pas très envie... après tout, elle sait coudre des poches secrètes, des plis flatteurs, ce n'est pas si différent. Femme-Araignée... jupe rouge, comme la tenue du super héros... Est-ce que cette conversion était un piège qu'elle a tendu aux Méchants ? Plutôt un piège que les Méchants lui ont tendu, non ?

Parce que c'est tout de même bizarre, cette affaire. Qu'est-ce que ça leur apporte, aux monstres, qu'elles soient religmanes ? Est-ce qu'ils n'en profitaient pas assez quand elles ne l'étaient pas ? Et elle, qu'est-ce qu'elles sont censées y gagner ? Est-ce qu'ils leur feront moins de mal ? Ou peut-être, au contraire, davantage ?

Soudain, elle se rappelle l'un des arguments que leur serinaient les hommes, avant qu'elles ne cèdent : convertissez-vous, et vous serez ses épouses ! Elle revoit la tête de Chichek émergeant ce soir de son assiette, un rictus béat sur le visage... la saucisse à barbe... devenir son épouse ! C'est trop drôle ! Ils croient qu'on se serait converties par envie d'épouser ce truc-là ? Imane rit doucement, renversée sur le canapé, toute seule.

Et puis elle se rappelle : celui qu'elle doit épouser, le seul qu'elle peut épouser, c'est l'un des siens. C'est comme ça. Il a les yeux d'Ocalan, il est solide comme était son père... Celui qu'elle devait épouser. Celui qu'elle n'a jamais rencontré, celui qui est mort fusillé dans un fossé, celui qui ne voudra plus d'elle parce qu'un autre, plusieurs autres, un troupeau d'autres, ne l'ont pas respectée. Est-ce qu'elle voudrait qu'Ocalan, quand il sera grand, se marie à une fille qu'on a forcée à tout, qui a pris peur de tout, qui prie un Dieu qu'elle exècre sans y croire, qui ne sait plus qui elle est à force de céder, qui a même peur du fantôme d'une amie ? Est-ce qu'elle est cette fille-là ? Ocalan, il faudra qu'il se marie avec une personne heureuse… pour être heureux aussi… et en même temps, elle n'arrive pas à souhaiter le bonheur des autres, non. Et encore moins le sien. Elle essaie d'imaginer son retour, et elle n'imagine ni embrassades, ni tendresse. Juste le soulagement de les savoir toujours là, et rien – rester silencieuse, ne pas leur raconter, quoi d'autre donc ? Elle devrait réfléchir à ce qu'elle voudra faire, si elle s'enfuit. Devenir couturière ? Trouver un garçon au cœur assez grand pour accepter le sien ? Elle frissonne d'épouvante. Non, non… elle ne veut plus rien. Leur échapper, oui. Les détruire, si elle pouvait. Mais pour elle ? Rien. Elle ferme les yeux, et le visage grave de Murina s'imprime sur ses paupières, Murina qui n'a rien voulu non plus, plus rien, mieux qu'elle. Petite araignée…

Il y avait une chanson qui commençait comme ça quand elle était petite, elle en est sûre… « Petite araignée… » elle ne se rappelle pas. Ça s'est retiré d'elle. Petite araignée, humble vie, petite part du grand tout… elle aussi peut-être ? Les charognards même, des lambeaux de chair au bec, ont droit à la vie, au respect, à la liberté. Il paraît que s'ils dévorent des cadavres pourris, c'est que leur bec n'est pas assez puissant pour leur permettre de chasser… tout de même, elle mérite au moins autant de respect qu'un charognard. Qu'une araignée. N'est-ce pas ? Mais quoi, elle ne veut pas être une araignée ! Pas un rapace non plus ! Elle se rappelle, elle voulait vivre heureuse, rencontrer un garçon… aux fiançailles de son frère, au mariage peut-être… ouvrir une boutique, faire des enfants, les élever, les aimer, être bonne, les guider, elle avait tant envie d'être grande ! Un fils avec les yeux verts d'Ocalan, une fille avec les yeux dorés de Noor, tiens… les autres pourraient avoir tous les yeux noirs, et elle les aimerait autant… exactement autant. Comme si c'était possible.

A l'idée de tous les rêves qu'elle ne risque plus de réaliser, Imane se met à pleurer, pour la première fois depuis longtemps. C'est comme si toute la tristesse s'écoulait d'elle-même, tranquille, un épanchement de tristesse, une tendre fuite au robinet du malheur, et elle s'endort très calmement.

Plus tard, parce qu'elle ne dort pas sur son habituelle paillasse, elle se réveille. La nuit est claire, et elle ouvre la porte de la cour et sort sous les étoiles. Elle est enfermée, mais elle est dehors. Elle est revenue de tout, accablée de douleurs, d'espoirs perdus – elle est jeune, l'avenir est immense, tout se reconstruira. Elle respire lentement, profondément, et c'est délicieux de sentir l'air frais gonfler ses poumons, pénétrer ses membres, insuffler la vie jusqu'au bout de ses doigts. Que peuvent-ils, ces monstres, contre une telle joie ? Cela au moins, ils ne le lui prendront pas !

La lune, tandis qu'elle arpente le petit bout de cour sèche, cueille un brin de menthe, nimbe les lieux d'une lumière verdâtre. Des animaux invisibles crient, hululent, gémissent. Les herbes sèches frissonnent, froissées par un dos invisible. Etre au milieu de ce qui est, tout simplement... ne plus souffrir des liens, des coups, des cicatrices... elle a quelques marques sur le flanc qui ne sont pas parties, mais personne ne les voit. Peut-être sur le dos aussi ? Encore plus cachées, y compris à elle-même... D'ailleurs la nuit pardonne, elle dissimule les blessures, on pourrait danser nue sans que personne ne sache, sans que personne ne voie. Si jamais l'envie l'en prenait... elle esquisse un pas de danse très lent, s'arrête. L'air est traversé de ce qui ressemble à des sanglots. Elle passe la porte, écoute – les filles dorment. Elle a dû rêver.

La nuit cependant lui paraît triste, maintenant. Elle retourne s'allonger. Elle trouve difficilement le sommeil. Il fait un peu froid. Elle hésite à retourner à la cuisine. La lumière dedans est éteinte maintenant, les filles ont dû se lever pendant qu'elle dormait. Elle cherche en vain une position confortable, se lève, rejoint son lit. Elle enfile le blouson de Murina, la jupe rouge, la ceinture secrète qu'elle a délaissée ces derniers temps, lestée du téléphone, de la photo cornée, de l'argent de Murina et du sien... et même de la petite voiture dorée. Ses biens. Roanne bouge un peu, soupire. Chichek ronfle doucement. Assise sur le lit, Imane attend un peu. Les robes noires pendent entre les rayonnages, comme de grandes aubergines mal séchées. L'eau goutte toujours, plus doucement, Roanne a dû trouver un moyen de colmater en partie la fuite. Imane sourit : quelque chose, elle en est sûre, va advenir, maintenant que plus rien n'est étanche. Elle ferme les yeux, respire l'odeur familière de nourriture et de sueur, se lève, retourne au salon, se couche en chien de fusil, et s'endort profondément. Elle n'est pas vraiment étonnée quand, à l'aube, elle entend tambouriner à la porte d'entrée.

Troisième partie – la chambre close

1.

Quand elle ouvre les yeux, on frappe tout simplement, de plus en plus fort. Très vite viennent les cris, des ordres impérieux criés en abricain, « Ouvrez ! Dépêchez-vous ! Ouvrez ! » Tandis que Roanne se hâte, à moitié vêtue de sa longue robe noire, et répète, de plus en plus fort, qu'elles sont enfermées, qu'elle n'a pas la clef, les clefs – il y a trois verrous à la porte – les cris deviennent des insultes, « chiennes impures », « prostituées. » C'était bien la peine de se convertir…

Comme les insultes n'ouvrent pas la porte, les hommes derrière donnent des coups de pied dedans, maintenant. Tout résonne. Chichek glisse la tête hors de la cuisine, se décompose. Elle disparaît un instant, ressort entièrement voilée – et Imane comprend enfin qu'au lieu de rester plantée sur le canapé, il faut de toute urgence qu'elle aille se couvrir. Tandis qu'elle court dans la cuisine, des détonations sèches éclatent.

A bout d'expédients, ils ont carrément tiré dans les verrous. Des lambeaux de portes ont jailli partout. Roanne, haletante, pelotonnée dans un coin, a des éclats plein ses jupes, et sur le foulard qui couvre son visage quelques gouttes de sang. Elle ne s'en rend pas encore compte, soulagée qu'elle est d'être en vie. Est-ce qu'ils ne vont plus tirer ? Ses deux compagnes, sombres figures, se tiennent dans l'encadrement de la porte – la maigre et la ronde, petites silhouettes dissemblables, serrées l'une contre l'autre – et ils entrent : quatre hommes poussiéreux, qui regardent partout autour d'eux, et demandent enfin, bourrus :

« Vous n'êtes que trois ?

- On est trois, répond Imane, et elle s'en veut quand sa voix sort d'elle, toute tremblante, une voix de fausset.

- Vous venez avec nous.

- Qu'est-ce qu'on a fait ?

L'homme rit, les autres soldats aussi.

- Rien du tout. On vous emmène, c'est tout.

- Où ça ?

- T'es curieuse toi ! Chez un nouveau maître. Et en vitesse !

Il attrape Imane par l'épaule, tandis que l'un de ses compagnons tente de faire lever Roanne. Celle-ci tremble de tout son corps. Chichek s'exclame que Roanne saigne, qu'il faut la soigner. A regret, la petite troupe envoie Imane chercher du désinfectant, des pansements. Quand elle revient, Roanne est assise sur le canapé où elle a dormi. Son voile est brûlé, son front éraflé, ce ne sera pas bien grave, une cicatrice ovale au ras des cheveux peut-être. Imane la panse soigneusement, l'aide à se lever : sa compagne est livide, elle titube. Elle trébuche, fait tomber le coussin qui soutenait la tête de l'adolescente pendant la nuit – un creux arrondi y est resté imprimé. Le rembourrage s'éparpille au sol... une balle perdue, semble-t-il, l'a transpercé : une brûlure bée dans le tissu. Imane frissonne. On peut y voir ce qu'on veut, un signe de mort, ou celui qu'elle va être sauvée. Est-ce qu'elle a besoin de signes ? Elle se rappelle, sur la terre du jardin, un coeur mauve... Cette fois-ci, en tout cas, en fait de mort, n'était toujours pas la bonne. Pas tout de suite. Elle regarde les intrus qui piétinent sur le seuil, encadrant Chichek. Ils l'auraient tuée sans la voir, sans remords. Elle se promet, si elle le peut, d'apprendre à tirer, mais elle, elle les regardera avant. Pendant. Pour qu'ils sachent. Elle se rappelle ce que disait Chichek, la peur qu'ils ont d'être tués par une femme, et elle sourit doucement, dans le secret de son grand voile opaque.

Tandis que leur convoi progresse dans les rues désertes, sous un ciel mat et très blanc, les filles apprennent que la Merguez ne reviendra pas : il est mort en héros. Tirs ennemis. Et sa blessure mal refermée. Alors ses compagnons sont venus prendre ses femmes pour les donner à d'autres. D'abord ils vont les emmener chez un vieux monsieur qui cherche une autre épouse. Elles ont intérêt à marquer leur respect, il est très honorable, et très susceptible. Si elles voient de quoi ils parlent !

- Schlack, shlack, fait l'un des soldats en riant, agitant un fouet invisible. L'homme a le devoir de battre sa femme pour lui apprendre à le respecter... après c'est lui qui décide du genre de coups qu'il va porter... il y en a de plus intéressants que d'autres...

- Ne les effraie pas, dit un autre, pourquoi tu les effraies ?

- Ça leur fait du bien, aux femmes, de les effrayer ! La mienne, elle aura toujours peur de moi !

- Tu en veux une ?

Le soldat hilare, soudain sérieux, essaie d'évaluer la marchandise sous la toile noire. C'est compliqué. Les formes de Chichek lui semblent préférables. Il la désigne du doigt :

- Celle-là, peut-être.

Mais Chichek ne peut pas savoir si elle sera l'épouse de l'homme qui veut faire peur : ils se taisent, et les conduisent sans plus de commentaires sur le seuil d'une grande maison blanche et rose, dont les fenêtres sont ornées de grilles de fer forgé aux dessins compliqués. C'est difficile de se faire une idée d'ensemble, engoncées dans une tenue aussi couvrante que la leur. Elles étouffent, la sueur perle sur leur visage, coule sur leur corps, peur et chaleur. C'est comme de se promener avec sa maison sur le dos, en fait. Sa tente peut-être ? De vrais tortues. Des escargots qui pourraient à peine sortir une antenne de leur coquille, tous mous et humides qu'ils sont, en dessous. C'est efficace cette tenue, glisse Chichek en pouffant, on se dit qu'on n'est vraiment pas à sa place dans la rue… « moi je verrai des filles comme nous traverser la rue je serais super choquée ! » Roanne lui envoie un coup de pied dans la cheville. Silence ! Quand est-ce qu'elle apprendra à se taire ? A arrêter de se faire remarquer ? Mais leurs guides sont en pourparlers à travers la porte, ils n'ont rien entendu – et puis ce n'était pas leur langue, comment sauraient-ils ? N'empêche qu'eux, elles les comprennent. Il y a une femme dedans qui dit qu'elle se couvre, une abricaine dont la voix chevrote un petit peu. Elle n'a pas l'air contente. Quand la porte s'ouvre, cependant, plusieurs silhouettes féminines s'effacent pour les laisser passer. La voix appartient à la plus voûtée d'entre elles, mais deux des trois autres sont voûtées aussi. Elles sont sans doute juste venues voir, elles s'éloignent presque tout de suite, d'un pas glissant, pendant que celle qui semble être la maîtresse de maison guide les visiteurs jusqu'au fond de la villa, dans un salon mal éclairé qui semble cependant faire office de bureau.

L'occupant des lieux est penché sur sa table de travail, comme trop absorbé pour les accueillir. L'un des soldats s'approche, se penche sur son oreille, lui parle à mi-voix. L'homme se racle la gorge, recule sa chaise qui grince douloureusement, se lève, les deux mains appuyées au bureau, et se retourne.

Il doit avoir cent ans, au moins cent ans, se dit Imane. Il est chauve, sauf sa nuque, ornée d'une touffe d'un blanc jaunâtre. De face, son crâne a l'air entièrement glabre… Son visage est tavelé de roux, sans parler d'une tache de vin violâtre qui lui mange la tempe jusqu'à l'œil. Des sourcils ébouriffés, aux poils très longs, poivre et sel. Les mêmes poils sortent de ses grandes oreilles cireuses, ils se mélangent avec la barbe, les sourcils… quelle face velue ! Au milieu de ce pelage, le regard brille intensément, très noir. Il passe d'une fille à l'autre, comme s'il pouvait les voir.

« Déshabillez-vous. »

Imane, interdite, ne bouge pas. C'est le voile qu'il faut retirer peut-être ? Elle le détache gauchement, inquiète – bizarrement, ce n'est pas son corps qu'elle souhaite cacher, mais plutôt sa belle jupe rouge, le blouson de Murina – et puis…

« Tout ! Vous enlevez le reste ! »

… Et puis elle saigne, tout simplement. Ça devait revenir, n'est-ce pas, c'est prévu pour. Ecarlate, elle finit par l'avouer, les yeux rivés au sol, qu'orne un tapis à ramages. « Je peux pas, je saigne. »

Le vieil homme détaille ses compagnes dont les vêtements sont tombés à terre, puis s'approche d'Imane. Sans jamais la toucher, il lui fait lever le menton, la force à le regarder dans les yeux. Il lui fait ouvrir la bouche, regarde les dents, elle se demande s'il a été dentiste, ça a l'air de l'intéresser. Il reste à distance prudente, mais la fait tourner sur elle-même, l'évalue.

« Celle-là, elle est toute maigre ! Mais elle me plaît, elle a l'air modeste. Elle n'est pas enceinte, évidemment. Et puis… je ne la confondrai pas avec ma femme et mes filles, microscopique comme elle est. »

Sa voix est sourde, un peu nasillarde. Il ne sourit même pas. Il a l'air à peu près aussi intéressé qu'un type qui achète un rôti de mouton au marché. Un type qui achète un rôti, mais qui n'a vraiment pas faim. Roanne et Chichek se rhabillent, elles n'osent rien dire, on les tire dehors en silence. Les captives échangent des regards inquiets. Au vu de toutes ces filles, elles ont cru au départ qu'on allait les placer dans un nouveau centre, ensemble. Cependant les hommes entrainent les deux plus âgées, et Imane se retrouve seule en face du vieillard, toujours aussi sérieux. Il s'est rassis, elle ne sait pas ce qu'elle doit faire – rester là ? Aller chercher les femmes ? Est-ce qu'elle a le droit de parler ?

Il relève finalement la tête, daigne sourire, un grand sourire même – deux dents lui manquent – et lui enjoint d'aller à la cuisine. Avant qu'elle sorte, il lui glisse :

« Toi tu vas à la cuisine, elles vont te nourrir, demande-leur à manger, des linges pour ce que tu as, elles savent, elles te montreront où tu dors… et ne reste pas en travers, tu souilles mon air ! »

2.

Elles sont là, devant elles, autour d'elles. Elle a l'impression d'être transparente, et elle n'ose rien demander. A laquelle d'entre elles, d'ailleurs ? La plus âgée est la mère, trois autres ses filles certainement, celles du vieil homme sans doute – oui, elles sont quatre, personne d'autre. La journée est bien avancée, Imane n'a ni bu ni mangé – forcément, on a défoncé sa porte d'entrée dès son réveil… elle sent qu'il faudrait boire, se rassasier, mais si ces personnes l'ignorent, comment les en empêcher ? Elle finit par demander, d'une voix hésitante, si elle peut avoir de l'eau, et le plus grosse des sœurs éclate de rire :

« Quel accent elle a, cette fille, qui ne sait même pas parler !

- C'est vrai ça, elle parle mal mais elle parle, on lui a appris à parler ? C'est comme les perroquets », lâche la mère.

Le cœur d'Imane s'emballe dans sa poitrine, elle sent les larmes lui monter aux yeux, et s'efforce de les retenir, de ne pas leur donner ce plaisir. D'ailleurs on lui tend un verre d'eau tiédasse, à moitié plein. Et soudain la maîtresse de maison lui fait face :

« Toi, je ne sais pas ce que tu fais là, mais je ne veux pas de toi. Tu es religmane ?

- Oui, glisse Imane qui dirait non tout aussi bien, et espère qu'elle répond juste.

- Avec la tête que tu as ? Menteuse ! »

Difficile, après ça, de réclamer à manger, d'expliquer qu'elle a faim. Elle reste là, debout, défaite – et sent soudain quelque chose couler le long de sa jambe – évidemment, c'est cela qu'elle devait se procurer ! Elle soulève sa longue jupe, fixe la minuscule goutte rouge par terre. Les autres l'ont vue ! Soudain, c'est un branle-bas à la cuisine – on la pousse dehors, on lui tend du linge, on la tire jusqu'à une petite chambre pourvue d'un matelas deux places et d'une bassine… le tout en toute hâte, avec des cris, des menaces, des frissons de peur et de dégoût. Elle se laisse tirer, pousser, interdite. A peine entrée dans sa chambre, elle s'évanouit.

Quand elle ouvre les yeux, elle constate que l'une des filles a mis des gants en caoutchouc pour l'approcher. C'est la seule qui la touche, à peine encore. Comme sa mère et la plus petite de ses sœurs, elle est bossue ;

comme elles, elle a la tête trop grosse et le menton fuyant. Toutes reniflent avec dégoût ; difficile de croire qu'elles ne font pas exprès.

« Donnez-moi à manger, s'il vous plaît, j'ai trop faim… » supplie Imane en se redressant – et elle croise le regard de l'homme qui l'a accueilli, debout dans le cadre de la porte. Les quatre femmes se retournent précipitamment, et leurs visages ingrats se décomposent.

« Vous ne l'avez pas nourrie ?
- Mais…
- Elles t'ont donné à manger ? demande-t-il à Imane, qui secoue la tête. Nourrissez-là bien, c'est un ordre ! » clame le vieillard, et il disparaît.

De retour en cuisine, elles la nourrissent bien, en effet. Avec des gants de vaisselle, mais bien : des fruits, de la viande, des légumes, du thé même. Imane avale ce qu'elle peut, l'estomac noué. Elle essaie de comprendre ce qu'elle fait là – pourquoi ces femmes la détestent-elles tant que ça ? La haine se lit sur leur visage, la répugnance les rend maladroites. Celle qui semble être l'aînée, une certaine Yasmine, grande et très grosse, dépourvue de cou, s'obstine à ne pas la regarder, tandis que la fille aux gants, Lalla semble-t-il, ouvre des yeux comme des soucoupes en la détaillant – c'est mieux qu'au zoo ! Et cependant, puisqu'elle est là, elle va rester là certainement… au moins un peu… ou peut-être pas ? Mais si, on lui a montré son lit, tout à l'heure. Ou ce n'était pas son lit ? C'était son lit… puisque la pièce était parfaitement vide, prête à accueillir quelqu'un… Pourquoi elle ?

Où sont Roanne et Chichek, maintenant ? Gulan, Ocalan, Noor, Maman, Afran, Zaza, Rajo, tous les siens ? Est-ce que quelqu'un un jour, pleurera sur Murina ? Comme tous ses proches lui paraissent lointains… ce ne sera pas facile de la retrouver. Ce ne serait pas facile. Depuis un mois qu'elle est captive… est-ce que quelqu'un, depuis un mois, essaie de repérer ses traces ? Est-ce que Chichek avait raison, est-ce que Gulan la cherche ? Pour Gulan, encore une bouchée de mouton, un tronçon de courgette.

« Lave ton assiette », ordonne Yasmine. Même avec des gants, Lalla ne semble pas vouloir y toucher… Moins imposante que sa sœur, elle a le dos voûté mais n'en est pas moins impérieuse… Imane lave son assiette, puis on l'escorte vers la chambre délabrée, dont la porte se referme sur elle – à clef.

3.

Restée seule, Imane s'assied précautionneusement sur le matelas. Comme il est posé à même le sol, elle peut poser le menton entre ses genoux, ses bras entourant ses jambes. Il fait vraiment chaud, mais elle n'est pas sûre de vouloir enlever la robe noire toute raide, ni le blouson, ni sa chemise, sa jupe – toutes ces épaisseurs qui la protègent, l'isolent, l'annulent. Etre invisible…

Maintenant que la porte est refermée, elle l'est devenue, invisible, d'une certaine façon. Elle respire mieux. Elle se détend. Elle constate que ses mains, ses pieds, son cou, les ailes de son nez… sont moites, emperlés de sueur. Il vaudrait mieux enlever quelque chose… si elle perd le blouson, est-ce que ça changera sa vie ? Tandis qu'elle le retire, le plie sur le lit à côté d'elle, elle a la fugace sensation que Murina est entrée dans la pièce. Elle frissonne, ferme les yeux, les rouvre. Personne nulle part, des murs nus. Elle s'adosse dans un coin pour être sûre que rien, derrière, ne peut l'observer à son insu. Le cœur palpite un peu, sonne aux tempes, et puis ça se calme. Respire…

Elle récapitule : Chichek et Roanne sont prisonnières ailleurs. Gulan est libre. Ils ne peuvent pas l'avoir tuée, elle est trop forte, et puis c'est comme ça, elle le sait. La famille… la famille s'est échappée, elle attend, quelque part, de se réunir. Se réunir… quel manque de réalisme… Sous sa jupe elle a emporté la ceinture, le téléphone déchargé, la photo toute fripée, un jouet, les billets – est-ce que ces billets permettent seulement d'acheter quelque chose, ici ?

Devant elle, les murs s'écaillent un peu ; aux angles de la petite pièce, le sol en ciment est poudré de poussière blanche. Ce n'est d'ailleurs pas très propre, la pièce semble ne pas avoir été utilisée depuis longtemps : peut-être était-ce un débarras ? Mais non… il y a, dans un angle, une cuvette de WC et un lave-mains ! Ce sont des toilettes, bien sûr. Une chambre dans des toilettes, où s'arrêtera leur merveilleux sens pratique ? La fenêtre est très haute, pour voir à travers il faudrait monter sur quelque chose – peut-être en retournant la bassine posée, face au lit, sous un petit lavabo en faïence rose pâle ? Même montée sur la bassine, Imane ne voit rien que le ciel, intensément bleu maintenant, à travers les entrelacs de fer forgé des grilles extérieures – des barreaux, plus précisément, auxquels des volutes de métal sont soudées. Est-ce qu'elle donne sur la rue ? Qu'importe… on ne peut certainement pas sortir par là. Est-ce que la fenêtre s'ouvre même ? Impossible de trancher, mais un souffle d'air passe le long du cadre, et Imane y laisse un moment sa paume ouverte, profitant de la caresse d'un air plus libre qu'elle.

Imagine… imagine que tu peux, toi aussi, te glisser par cette fente. Tu traverses la rue, tu parcours la ville. Elle est brûlante et vide, traversée par des grappes de tueurs obtus, gorgés de sang et abrutis de promesses grossières. Les murs sont pleins de trous, impacts de balles, éclats de bombe – les murs sont pleins de sang, celui des innocents massacrés pendant l'été, que le soleil n'a pas encore eu le temps d'effacer. Sur les trottoirs, des charognes. Dans les maisons, des charognes. La ville est vide, la ville est éventrée, violée, la ville est morte, une gigantesque charogne… Imane retire sa main avec dégoût. Ces quatre femmes aigries, c'est encore la mort. Le vieux pervers qui les domine mystérieusement, la mort ! Elle se laisse tomber sur le lit, des sanglots plein la gorge. La mort ! L'image figée d'Ocalan passe sous ses paupières fermées. Non, tout le monde ne peut pas être mort ! Soudain elle se rappelle son petit frère dansant autour des tables de fête, le dernier jour. Et comme il passait ses bras autour de son cou à elle, le matin, en se réveillant. Le sourire qu'il avait, le regard. Est-ce qu'on a besoin de photo ? La photo ne lui ressemble pas. D'ailleurs il doit avoir grandi ! Elle compte : mais non, un mois de plus… ce n'est pas possible ! Et Maman ? Et Papa ?

Quelle imbécile, elle avait oublié l'exécution, le jour du camion. La silhouette de son père s'effondrant sur le sol, blessé à mort, ne cesse plus de tomber devant elle. Elle fond en larmes bruyantes, en hoquets. Papa ! Papa !

Yasmine tambourine à la porte : « Toi, le rebut, tu la fermes, si tu ne veux pas que j'entre te battre ! » Elle mord le blouson de toutes ses forces pour retenir les cris. Son nez coule. Il n'y a pas de mouchoir, juste le lavabo… qu'est-ce qu'on s'en fiche… Papa. Son bébé pour toujours. Papa. Mais la clef tourne dans la serrure.

4.

Yasmine la regarde avec dégoût. Elle doit être maculée de morve, rouge d'avoir pleuré. La grosse femme n'entre même pas dans la chambre : elle reste sur le seuil, jette un ballot de linge au sol, puis pousse du pied, maladroitement, un plateau dans la pièce. La porte se referme, prestement verrouillée. Sur le plateau, un pain, des fruits talés, un morceau de fromage moisi, un gobelet. Pas de couverts.

Il n'y a pas à dire, Imane préférait quand elle faisait la cuisine elle-même... au moins, se dit-elle, rien de fabriqué sur place : il y a peu de chances qu'on lui ait empoisonné sa nourriture... est-ce que ça veut dire qu'elle n'ira plus à la cuisine ? Qu'elle ne sortira plus ? Dans ce réduit, le temps est lent. Elle finit par s'allonger, observe les fissures du plafond, autant de lignes, de flèches qui peut-être mènent quelque part... elle pense à la lumière à travers les feuilles, quand on est couché comme ça sous un arbre, par exemple le grenadier, chez elle... au jardin, elle aimait regarder les reflets du soleil sur les fruits, les petites bêtes délicates qui grimpaient le long des tiges, leur dos plein de reflets pourpre et or, de dessins compliqués, de détails si beaux qu'on se demandait qui avait bien pu les dessiner. Le hasard avait du talent, alors... Mais ici ? A force, elle repère de discrets motifs dans le plafond, des triangles qui se répètent, quelques festons réguliers – et puis, dans un coin, la toile luisante, presque invisible, d'une toute petite araignée, encore une, qui descend lentement vers elle.

Lassée, elle se redresse, boit un verre d'eau, soulève son pain : un gros cafard est écrasé dessous.

Plus tard – sa fenêtre doit être orientée à l'est, la pièce est pleine d'ombre quoique le ciel soit encore d'un bleu vif – elle entend une voix très proche : la plus âgée des femmes – est-ce que Yasmine, Lalla et l'autre fille qu'elle a aperçue sont bien ses enfants ? Elle en a entendu une l'appeler Maman, mais seulement une... mais à part les filles du couple, qui ça peut être ? Des domestiques ? Mais non, elles sont toutes traitées pareil. Et puis pourquoi a-t-il acheté une esclave, s'il a tant de domestiques... Cela n'a pas de sens... D'ailleurs, même si ce sont ses filles et sa femme, elles doivent arriver à entretenir la maison sans aide ! Ses épouses ? Mais non, elles lui ressemblent, ce sont ses filles. Il a mentionné ses filles, d'ailleurs, à ceux qui l'ont amenée. Pourquoi ne sont-elles pas mariées ? Elles doivent avoir passé vingt ans toutes les trois. Qu'est-ce que c'est que cette famille où on ne marie pas les filles ? Peut-être qu'on lui en a proposé un trop bas prix… interdite, Imane réalise qu'elle s'est mise à penser comme ses bourreaux. Un bon prix ! Elle devrait avoir honte. Elle essaie de chasser l'idée, mais non, que les femmes s'achètent lui semble une évidence. Elle regarde ses mains, des mains qui s'achètent, puis ses pieds, ses genoux, ses cuisses. Il n'y a pas beaucoup de poids pour le prix. Elle n'est plus vierge et doit valoir peu, en même temps. Quant aux trois mauvaises, là, aux trois moches, quelque part près d'elle…

Je ne veux pas avoir un prix, se répète-t-elle. Je ne veux pas avoir un prix. Je suis une personne.

Sait-on jamais, ça va peut-être marcher. Est-ce que les monstres qui ont endoctriné les idiots qui l'ont torturée n'ont pas agi de la même façon ? « Dieu vaincra, soumets-toi à ses règles et tu seras l'élu de Dieu, et tu deviendras puissant pour l'éternité… » Quelle blague. Sauf que… puissants, ils le sont, qu'importe, s'ils effacent sa vie et celle des siens, que ce ne soit pas pour l'éternité ? C'est pour l'éternité.

Ses réflexions sont interrompues par de nouveau éclats de voix. La mère se dispute maintenant avec le père. « Pourquoi tu as ramené cette ordure ? éructe-t-elle.

- Ordure ? Tu crois que tu es quoi, toi-même, pour oser me demander des comptes ?

- Je suis une bonne croyante ! Je ne veux pas de cette mécréante ici !

- Tu n'es qu'une femelle, tu n'es bonne à rien, et tu parles d'être bonne croyante ? Tu ne sais pas faire de garçons, j'ai eu beau t'engrosser tant que j'ai pu, tu as fait une fille… et encore une fille… cinq filles ! Encore plus moches que toi ! J'en ai marié deux, ça m'a tellement fatigué déjà ! Et vos criailleries maintenant !

- Je ne m'occuperais pas de cet animal !

- Viens par ici, grand-mère… tu as besoin de sentir qui est le maître…

La voix du vieil homme est doucereuse, mais suivie d'un claquement bref, puis de cris stridents. Il est en train de battre une vieille femme, mère de ses cinq enfants ? Ces cris ! si proches ! Où sont-ils pour qu'elle les entende aussi bien ? A côté d'elle, en-dessous, au-dessus ? Elle n'arrive pas à savoir d'où viennent les voix. Est-ce qu'elle rêve ?

5.

Imane s'était dit qu'elle ferait un peu d'exercice chaque jour, maintenant qu'il semble qu'elle ne peut plus sortir, qu'elle n'a plus rien à faire. Flexion, extension... des pompes, comme elle a vu faire les soldats... courir sur place, bondir à petits sauts, sur un pied, sur deux – elle aimait bien progresser à cloche-pied de dalle en dalle dans l'allée du jardin qui faisait comme une immense marelle – de la terre au ciel en quelques bonds. Elle savait marcher sur les mains aussi... elle essaie, mais avec une jupe ? Quelle bêtise ! Elle retombe lourdement, confuse. Elle pourrait se mettre toute nue bien sûr, par cette chaleur, mais si quelqu'un entrait ? Et puis même – elle aimerait ne plus jamais se déshabiller, jamais. Restent les petits sauts. Si elle avait une corde... elle pourrait demander à l'homme une corde à sauter peut-être ? Il a l'air de la défendre, et elle ne comprend pas. Il l'emprisonne, et interdit qu'on la maltraite ?

Imane s'était dit qu'elle ferait un peu d'exercice chaque jour, mais ce genre de résolution demande plus de volonté qu'elle n'en a. Ou alors, un objectif mieux affirmé... ne pas devenir folle, peut-être ? Après quarante-huit heures passées sans sortir, elle voit des gens qui n'existent pas, ses morts penchés sur elle, des silhouettes menaçantes qu'elle n'identifie pas. Elle n'arrive pas à dormir. Elle mange peu, d'autant moins que sous le pain, chaque fois, elle trouve un cafard mort... il y a beaucoup de cafards dans cette maison.

Imane reste sur son lit, oppressée, toute molle. Et quand la porte s'ouvre à nouveau, elle ne tourne même pas la tête. Il faut que le médecin la touche pour qu'elle réalise qu'un homme est là.

« Ça ne va pas ? »

Elle s'attendait si peu à une question pareille qu'elle en reste muette. Elle agite la tête négativement, fermement.

« Je vais lui dire de te faire sortir un peu. »

Oui... mais ce docteur – il a ouvert, à côté d'elle, une mallette pleine d'outils médicaux en métal brillant – qu'est-ce qu'il fait là ? Est-ce qu'elle est malade ? Quelqu'un serait venu ? Elle est perdue. Entre ses mains, apparaît une seringue. Qu'est-ce qu'il va faire ? Elle se contracte, mais non, c'est une prise de sang. Elle tremble, l'aiguille dans sa chair, encore un viol, pas plus explicable, pas moins pervers. On lui prend aussi son sang, maintenant ?

« Tu n'as pas de maladies, rien ? »

Tandis qu'elle respire mieux, le garot enlevé, un coton au creux du coude, il lui demande si des hommes l'ont prise, combien, et si elle saigne encore, si ça sent mauvais, si ça la gratte. Est-ce que la Merguez était malade, et qu'on ne le lui a pas dit ? Ni elle ni Roanne n'avaient rien, pourtant. Chichek ? C'est bizarre. L'homme l'allonge, lui introduit un outil dur et froid, l'ausculte – elle est toute rouge et voudrait bien lui envoyer des coups de pieds dans la figure, mais il vaut mieux s'abstenir.

Puis il rabat sa jupe, la remet en place comme s'il rhabillait une poupée, et conclut posément : « C'est bon. Tout à l'air de marcher ! »

Ses pas s'éloignent dans le couloir. Elle ne saigne plus depuis la veille, et elle se demande si les femmes ont vu qu'elle ne tachait plus de linge, ont prévenu l'homme. Le hasard sinon ? Pourquoi a-t-il demandé ce qu'il savait, s'il savait ? La tête enfouie dans sa couverture, elle sanglote. Tout à l'air de marcher !

Evidemment, plus tard dans la journée, le vieillard vient la voir, lui aussi. Il lui dit qu'elle doit se laisser faire gentiment, et qu'elle aura le droit de sortir prendre l'air derrière la maison si elle se comporte bien. Sinon… il fronce les sourcils, mais il ne fait pas très peur. Ce qui fait peur, c'est qu'il approche. Son visage est tout près du sien. Sa peau tavelée et luisante sent la sueur et le rance. Elle a envie de vomir. Dans une espèce de semi-conscience, elle le voit s'éloigner un peu d'elle, fermer soigneusement la porte, mettre la clef dans sa poche. Il fait tomber son pantalon, dévoilant des cuisses blanches et flasques, à demi dissimulées sous sa longue tunique. Elle ferme les yeux du plus fort qu'elle peut. Ce qui est impossible ne peut pas arriver.

Mais voilà qu'il essaie de faire quelque chose sous sa jupe, souffle et râle. « Arrête de faire cette tête ! Je ne peux pas y arriver ! Tu pourrais faire un effort ! » s'énerve-t-il. Elle met ses mains sur sa figure, ça a l'air de lui convenir. Il récrimine encore un peu. Soudain, il se met à la gifler, à l'insulter, sans qu'elle comprenne ce qu'elle a fait. Il a l'air d'ailleurs de ne pas s'adresser à elle… il regarde au loin en criant, les veines de son cou toute gonflées. Après quoi ça va assez vite. Finalement, il lui rabat les jambes : « Attends, ne bouge pas, ne te lève pas. »

Elle reste aussi immobile qu'une pierre. Ça lui convient tout à fait, justement. Une pierre, plus penser, plus vouloir, plus risquer. Froide et calme… mais elle sent des larmes lentes couler sur ses tempes, des larmes qui ne lui appartiennent certainement pas, qui pleure donc en elle ? Celle qui a reçu les gifles ?

Le vieil homme lui essuie machinalement le visage, et se reculotte.

« Le docteur m'a dit que je devais attendre encore quelques jours, à cause des maladies du sang, mais j'avais peur de ne pas y arriver, on ne sait jamais. Maintenant je suis rassuré ! »

Imane ne sait que penser de cette confidence. Peut-être, d'ailleurs, qu'il parle tout seul…

« Je t'ai fait mal, hein ! Tu es chétive, je dois te faire mal… c'est ce qu'il faut ! »

Il se dirige vers le lavabo, va se laver les mains.

« Reste bien tranquille, surtout. Reste bien allongée. »

6.

Quand elle comprend, elle se dit qu'elle a été bien obtuse… un homme avec cinq filles ! La deuxième fois qu'il est venu, quelques jours plus tard, il lui a confié son désir : être père d'un fils, enfin. Être vraiment père ! Enfanter un soldat ! En lui tapotant sur le ventre, l'acte accompli, il lui a glissé qu'elle pourrait être fière. Ils sont vraiment fous, ces animaux-là.

Elle se méfie. Tant qu'il est dans la pièce, ces toilettes aménagées où elle reste séquestrée presque toute la journée, elle reste sagement allongée. Parfois elle feint même de somnoler pour qu'il parle moins. Mais dès qu'elle entend la clef tourner dans la serrure, elle saute hors de son lit, se précipite sur la bassine, la remplit d'eau, se récure tant qu'elle peut. Un jour, il revient dans la chambre, et la frappe. Elle pense qu'il a dû entendre l'eau – alors elle garde la bassine toujours pleine, en prévision, et bien sûr il ne remarque rien. La croyant obéissante, il lui permet même de sortir quelques heures chaque jour, de marcher dans la cour, sous l'œil des quatre harpies. A la fin du mois, quand elle saigne de nouveau, le soulagement la fait pleurer et rire à la fois. Un enfant de lui ? Un bébé, son fils à elle, qu'elle nourrirait de sa chair, dans son ventre, qui recevrait son propre sang, qui la déchirerait en sortant, pour cet homme-là ? Un mélange d'elle et de lui, qui ne se déferait pas ? Rien que l'idée lui donne la chair de poule. Un enfant, elle en fera un quand elle sera libre, aimée ! Avec un homme bon, un homme brun aux yeux verts, et l'enfant ressemblera tellement à son petit frère qu'elle lui donnera le même prénom, et tout le malheur s'effacera à sa naissance !

Mais un vieux gosse, maigrichon, osseux, cireux, avec le regard torve et des poils dans les oreilles ? Elle nourrirait ça dans son sein ? Un enfant qui la mépriserait, elle le nourrirait dans son sein ? L'un des leurs ? Elle étouffe de fureur chaque fois qu'elle y pense – mais pour cette fois elle est sauvée, elle saigne.

Doublement sauvée même, car elle est mise à l'isolement : les femmes l'ont chassée dans son réduit dès qu'elles ont su. Après quelques jours en effet, on l'a mise au travail, laver le sol, repriser les vêtements, faire les lessives. Jamais à la cuisine cependant, les femmes doivent craindre qu'elle touche à leur nourriture… tant mieux, elle préfère se tenir à distance des affreuses, qui se plaisent à la bousculer et ne lui adressent pas un mot, mais dont la bouche est pleine de commentaires méprisants à son égard – commentaires qu'elles se font l'une à l'autre, évidemment. Imane se doute que si elles avaient moins peur du seul homme de la maison, elles ne se contenteraient pas de parler… Un homme ? Si son premier maître était la Merguez, celui-là tout au plus est un os de poulet. Comme personne n'a songé à lui dire comment il s'appelait, elle décide que c'est son nom, d'ailleurs.

Elle est donc dans la petite pièce, recluse depuis plusieurs jours, quand arrive Sherine. C'est une grande jeune femme aux cheveux souples, au regard vif. Ses yeux sont cernés, les commissures de sa bouche marquées d'un pli amer. Os-de-Poulet l'a accompagnée – il doit se méfier, vu la façon dont Imane a été traitée à son arrivée. Sherine a droit au plateau repas elle aussi, et la cuisine doit manquer de cafards à force, parce que le pain n'en cache aucun. Ce que c'est que d'être pris de cours…

Imane lui explique le coup des cafards, parie qu'il y en aura un le lendemain. Sherine est jolie quand elle sourit.

Elle était esclave de caserne, et le jouet d'une garnison entière ; des hommes sans pudeur, violents et sales. Elle dormait dans un placard. Ils ne faisaient pas attention, à rien en fait, sauf à la forcer à avaler, tous les soirs, une pilule qui empêchait de faire des enfants et de saigner. Et puis elle est tombée malade, et maintenant ça la brûle et il paraît qu'elle est contagieuse aussi, et qu'elle a la mort dans le sang – et puis à force, trente hommes par jour, ils en avaient assez d'elle, ils s'en sont débarrassé sûrement, mais pourquoi en la donnant à ce vieux ? Elle ne comprend pas.

« Il veut un enfant.

- De toi ?

- Oui. Peut-être de toi, je ne sais pas.

- Alors tu attraperas mes maladies.

- Il sait que tu les as ?

- Je ne sais pas. Je ne vais pas lui dire. J'aurais trop peur qu'il me tue.

- Ils t'ont donnée, tu dis ?

- C'est drôle, de tomber sur un qui veut un enfant ! »

Imane ne trouve pas ça très drôle. Sherine demande si elle est là depuis le début, Imane raconte la Merguez, Murina, Chichek, Roanne. Elle parle de Gulan aussi, peut-être que Sherine en a entendu parler ? Sherine hausse les épaules, comme si on pouvait savoir quoi que ce soit quand on passe la moitié de sa vie sous d'infects soldats qui ahanent, l'autre moitié dans un placard sans fenêtre ! Ils sont pas mal, d'ailleurs, ces WC… Imane rit faiblement.

Elle est gentille, Sherine. On a envie de lui faire confiance. Gulan lui explique comment Os-de-Poulet la prend, concentré, l'air de faire un effort, comment il se met invariablement à la frapper et à l'insulter avant de se reboutonner. Il termine ? Oui, il termine… il me dit de rester sagement couchée, les jambes en l'air… tu parles si j'obéis ! « Qu'est-ce qu'il dit, quand il t'insulte ? » Imane rit franchement cette fois-ci : en général, il la traite de tous les noms d'animaux, mais il l'appelle aussi de prénoms de femmes qu'elle ne connaît pas, et du nom de ses filles même ! Encore pire, un jour il a crié… « Maman ! » « Mon Dieu, soupire Sherine, il est aussi malade que ceux que j'ai dû subir… Plus minables les uns que les autres ! « Des monstres tout noirs », conclut Imane. Mais Sherine n'est pas d'accord : parmi les soldats il y avait un Australien, un gros roux aux yeux d'un bleu vif, à la peau rose comme le dedans d'une fraise – et il disait les choses les plus horribles, en anglais, rien que pour elle. Elle comprenait, évidemment : c'est qu'elle étudiait l'anglais, jusqu'à cet été. Et qu'elle comprenait, il s'est était bien rendu compte. Et alors il lui racontait des tortures, des yeux arrachés, toutes les vierges qu'il écorcherait vives, des choses comme ça… la couvrir d'excréments, la remplir d'excréments, lui coudre la bouche, et le sexe aussi, l'avorter avec un cintre si elle tombait enceinte, la vider de tout son sang, enfin quoi ! Toutes les horreurs les plus horribles, tous les jours, et elle était la seule à comprendre ! « Il ne t'a rien fait de ce genre ? » Bah non, rien. Lui non plus n'était jamais seul. Ou alors il aimait juste imaginer… sinon, non, ce n'était pas le plus violent.

Quand Os-de-Poulet revient dans la pièce, Imane pense que c'est pour essayer Sherine, mais non : il est prudent, Os-de-Poulet. Les femmes lui ont dit qu'Imane ne saignait plus… elles récupèrent ses serviettes souillées pour vérifier, c'est la règle. Sans doute devrait-elle rire de cela aussi.

Le résultat, en tout cas, c'est qu'il vient pour sa petite femme, comme il l'appelle en arrivant :

« Ma petite femme n'est plus polluée, on m'a dit ? » Un temps, et puis, sévère : « Ce mois-ci, ça a intérêt à marcher !

- Ça ne risque pas, commente Sherine. Elle se lave juste après !

Imane, tétanisée, reste muette, bouche bée.

- Tu te laves ?
- Euh… non.
- Ah oui, ajoute Sherine. C'est pour ça que la bassine est toujours pleine d'eau ?

Imane a envie de pleurer. Dire qu'elle a confié à ce serpent tout ce qu'elle avait sur le cœur, ses secrets, ses ruses ! Elle ne lui a pas parlé de la ceinture secrète heureusement. Os-de-Poulet ne la déshabille même pas, c'est pratique… Pour sûr, elle ne lui en parlera jamais, ni de rien d'autre ! Quelle perfidie !

Os de Poulet la prend pour une idiote, heureusement. Et puis elle a treize ans. Elle dit qu'elle ne savait pas, qu'elle reste allongée autant qu'il demande bien sûr, il suffit de lui expliquer.

« Très bien », conclut Os-de-Poulet, et malgré la présence de Sherine sur le même matelas, il baisse son pantalon. Imane n'arrive pas à se contenir, elle se débat, mord, rugit – pas comme ça, devant cette fille-là ! Sherine ricane… « Viens ici, lui commande-t-il. Tu as appris à obéir à la caserne, toi ! En attendant que j'essaie avec toi aussi, tu vas me servir… Tiens lui les bras ! » Et tandis que la jeune femme lui bloque les poignets, le visage fermé, il s'emploie, méthodique, à engrosser la plus petite.

« Empêche-la de se laver, surtout ! » conclut-il enfin, et il sort, enfermant les filles.

7.

C'est la peur, a dit Sherine. Il faut bien servir à quelque chose ! Son sang est pourri, son corps et pourri, qu'est-ce qu'on peut encore faire d'elle ?

« Te revendre aux nôtres ? » a répondu Imane, amère. Puisqu'il paraît que les Youpez rachètent leurs filles… Elle a hésité à se laver – Sherine lui a dit de ne pas avoir peur d'elle, mais comment lui faire confiance maintenant ? Bah, s'est-elle finalement dit, Sherine peut mentir, de toute façon. Autant se laver. Il n'est peut-être pas trop tard…

Pendant quelques jours, Sherine a partagé le matelas d'Imane. Seule avec elle, elle était très douce, lui racontait des anecdotes sur sa famille, sur la vie d'avant. En présence d'Os-de-Poulet, en revanche, elle se transformait totalement. Non seulement elle critiquait sa compagne, lui reprochait des broutilles, mais elle mettait à sa duplicité plus de raffinement. Ainsi, elle révélait à son bourreau les secrets qui lui importaient le moins… « Sa grande sœur s'est évadée, attention ! » L'homme parti, elle prétendait qu'elle essayait de faire peur à leur geôlier – ridicule ! Raconter cela, au-delà de l'outrage physique, c'était comme dévêtir mentalement l'adolescente. Dormir sous le même drap qu'une fille pareille était une épreuve. Sans parler de la vague appréhension qu'avait Imane : qu'est-ce que ça voulait dire, des maladies ? Qu'est-ce qu'elle avait, Sherine ? Quelque chose de douloureux ? De contagieux ? D'incurable ? Est-ce qu'elle était vraiment malade, d'ailleurs ?

La réponse n'a pas tardé à arriver cependant… trois jours après un nouveau passage de l'homme à la seringue, deux soldats sont venus chercher Sherine. La jeune femme s'est mise à hurler, à s'accrocher au lavabo, au cadre de la porte, à se raidir, à se débattre. Un coup de crosse sur la nuque l'a fait tomber à terre. Sonnée, elle s'est laissé traîner. Est-ce qu'ils allaient la tuer ? D'une fille comme elle, qu'est-ce qu'ils auraient encore bien pu tirer ? Imane a eu vaguement pitié – autant qu'elle était encore capable d'en éprouver.

Pour une fois, la vieille femme est venue tout nettoyer – de la javel partout. Pour peu, elle aurait javellisé Imane aussi… on l'a envoyée se récurer à la salle de bains, dont le pouvoir antibactérien était sans doute jugé supérieur à celui de son lavabo d'appoint par les habitants du lieu. La salle de bains… une grande pièce désuète, une baignoire écaillée, mais surtout un grand miroir.

Imane s'est arrêtée devant. Cette fille pâle aux mèches emmêlées, au regard infiniment triste, cerné de bistre, c'était elle ? Ses sourcils semblaient avoir épaissi – un sourcil unique, à vrai dire, en forme d'oiseau stylisé, retenant éternellement son envol. Ses cheveux, en revanche… bizarrement ternes, non ? Ils faisaient des paquets. Cette bouche amère, toute décolorée, c'était la sienne ? Bizarre. Les joues s'étaient creusées, pourtant elle ne faisait rien… et cela ne faisait qu'un mois. Le menton… elle ne le reconnaissait pas. Le reste non plus, d'ailleurs. Ce regard, son regard ? Cette personne dans la glace, non, ce n'était pas elle. Son reflet ? Sûrement pas. Une autre Imane ? Qui donc ?

Non, bien sûr, elle savait qu'elle était devenue cette fille. Elle avait l'air encore plus petite qu'avant, et en même temps très vieille. Un pli sur le front, et quelques boutons aussi, d'ailleurs. Berk. Et puis la pâleur… rester enfermée presque tout le temps, bien sûr. C'était normal. Pâleur et crasse dans les plis. Une Imane en noir et blanc. Comme une photo ancienne.

Elle a frissonné : elle était là pour se laver… difficile de savoir combien de temps on lui laisserait. En d'autres temps, elle se serait bien baignée – maintenant, hors de question. Si cadavérique, déjà ! L'image de Murina flottant dans le sang l'obnubilait déjà dans l'autre maison, chaque fois qu'elle se lavait. Alors après tant de temps sans voir une baignoire… elle s'est douchée, accroupie sur la faïence, imaginant qu'avec l'eau tout ce qu'elle avait accumulé d'humiliations et de fatigues se dissolvait et s'écoulait, aspiré par la bonde.

Elle avait fermé les yeux, mais le bruit de la porte qu'on ouvrait les lui a fait ouvrir. Lalla était là, une moue dédaigneuse aux lèvres : « Tu n'es vraiment pas jolie ! »

Et la porte s'est refermée aussitôt : elle n'avait ouvert que pour le plaisir d'être désagréable… chipie.

8.

A la fin du mois, elle n'a pas saigné. Elle a eu peur qu'Os-de-Poulet ne la punisse, pensant qu'elle avait trouvé un moyen magique pour ne pas faire d'enfant, mais non – rien. Au contraire : il a quasiment cessé de lui rendre visite. Et quand il rentrait dans son réduit, c'était pour lui demander si elle se portait bien. Qu'est-ce qu'il croyait ? A son âge, il avait peut-être juste renoncé… Qu'avait-il exactement réussi à faire, sous ses jupes ? Pas grand-chose de mémorable, heureusement. A part passer quelques heures chaque jour à faire le ménage, Imane n'avait rien d'autre à faire que contempler le plafond. A tant fixer la même chose, elle avait des faiblesses, des nausées même. A force de n'être pas à sa place, elle devenait gauche, maladroite, se cognait partout : certains jours, elle ne reconnaissait même plus ses jambes, bizarrement enflées, ou alors ses mains, aux doigts bizarrement boudinés… son nombril même était bizarre, à force. Elle aurait pu s'en inquiéter, mais elle n'en avait même pas l'énergie. Depuis le départ de Sherine, elle avait l'impression de vivre un jour sans fin, suintant l'ennui, à luminosité variable.

Le médecin était revenu, accompagné d'Os-de-Poulet, il l'avait félicité en sortant, elle se demandait bien ce qu'il avait fait de bien. Arrêter de l'humilier, peut-être ? C'est bien, en progrès ! Tu mourras moins bête. Puis on lui avait demandé de se rendre à la cuisine, il y avait un repas spécial à préparer, elle ignorait pour qui. En bas, la haine des quatre femmes était encore plus palpable. Elles se tenaient à distance… Elle avait été affectée au nettoyage des casseroles et des poêles. A côté d'elle, Yasmine écossait des pois. La présence de la petite captive la rendait tellement nerveuse qu'elle avait renversé son saladier – sans même réfléchir, Imane l'avait redressé, avait rattrapé les pois qui s'échappaient, les avaient remis dans le récipient – mais au lieu de la remercier, Yasmine avait reculé, un rictus d'horreur sur le visage, et avait longuement rincé les petites boules vertes… S'il y avait une raison de croire que sa chétive personne n'empoisonnait pas les casseroles, mais seulement les légumes, elle ignorait laquelle. Peut-être aurait-elle dû demander ! Mais à quoi bon… elle n'avait pas envie de parler à ces mégères soumises, odieuses, enflées de suffisance dès que le maître avait le dos tourné, plus plates et flétries que des abricots secs quand il apparaissait.

A vrai dire, rien n'avait réussi à la convaincre : ni ses seins alourdis, leurs aréoles bizarrement grumeleuses... ni son ventre qui s'arrondissait... le manque d'exercice, sûrement ? C'était facile d'imaginer que la captivité la rendait malade, que les vomissements qui la prenaient parfois étaient le résultat des tentatives d'empoisonnement des quatre chauves-souris.

Et puis, un jour, elle avait senti un coup de pied en elle – et elle avait compris tellement vite qu'elle avait, depuis des mois, quelqu'un à l'intérieur que, de toute évidence, au fond, elle le savait déjà.

A cette époque-là, elle grossissait beaucoup, et sa peau était si tendue qu'elle éclatait partout : cuisses, ventre, poitrine, se marbraient de rougeurs sinueuses, enflées, effrayantes. C'était l'enfant sans doute, déjà si méchant, déjà comme son père – l'enfant qui voulait la détruire, lui aussi.

Un petit Os-de-Poulet à l'intérieur : il fallait l'extraire, bien sûr, de cette matrice qu'il parasitait. A coups de poing, elle avait essayé de le dissuader – elle s'était aussi jetée contre les murs – elle avait, enfin, essayé de s'accrocher aux barreaux de la fenêtre, qui s'ouvrait d'autant plus facilement qu'elle ne fermait plus vraiment, sa poignée étant cassée, de se laisser tomber d'un coup, de sauter sans fin à pieds joints, opérations destinées à le décrocher. Os de Poulet avait bien insisté, il fallait qu'elle reste sagement couchée pour que le bébé tienne ! En restant le moins couchée possible, en secouant ce corps déformé, elle le ferait peut-être tomber comme un fruit véreux. Ou alors il fallait l'arracher ? Mais comment ? Elle avait entendu parler de se mettre du savon pour avorter, et usa en vain la savonnette – elle n'y gagna que d'intenses démangeaisons et des pertes blanchâtres dans lesquelles elle espérait en vain repérer un petit bout d'enfant mort-né. Le faire sortir ! A grands coups dans son ventre tendu, elle essayait de l'encourager à la quitter – seulement il ne devait pas bien comprendre : au lieu de descendre promptement hors de cet habitacle mal choisi, il s'était mis à répondre d'un petit coup discret à la claque. Encore un qui ne tenait aucun compte de ce qu'elle voulait... mais tout de même, s'il réagissait ainsi, l'avorton glaireux, l'os de volaille encore mou, c'était donc quelqu'un ? Atterrée, elle réalisa qu'elle essayait peut-être de tuer un enfant, un petit bébé. Comment savoir s'il était trop tard ? Et si c'était quelqu'un déjà, un bébé entier… un bébé qui n'a rien commis… est-ce que, cependant, elle ne pouvait pas le tuer ? De toute façon, se disait-elle en tambourinant contre son ventre, si c'était quelqu'un, des coups de poing ne suffirait jamais à l'exterminer. De découragement, son ardeur mollissait…

Ni ses poings ni ses pieds n'y pouvaient rien, il lui fallait trouver quelqu'un qui la débarrasse de l'intrus. Et trouver quelqu'un n'était possible que si elle sortait. Mais comment ?

La chambre, ou les toilettes option matelas, était toujours fermée à clef. Avec le voile épais qu'on l'avait forcée à adopter, elle avait réussi à tresser une espèce de corde qu'elle avait passée autour d'un barreau, puis nouée en boucle, afin de s'en servir de marche pied. De cette façon, elle s'était hissée plus haut que la première fois. La fenêtre, avait-elle constaté, donnait sur une petite rue pleine d'ombre et de poussière blanche. En face de la fenêtre, il y avait un mur, et derrière ce mur, un arbre. Donc un jardin ? Elle voyait aussi le coin poussiéreux d'une vitre, mais ça ne voulait rien dire, il pouvait il y avoir des gens derrière ou aussi bien, personne. Les barreaux étaient solides, assez solides pour l'avoir soutenue chaque fois qu'elle s'y était suspendue pour se débarrasser de l'intrus… à force, cependant, il lui semblait que l'un d'eux avait du jeu. Elle essayait régulièrement de le secouer pour le desceller… mais c'était de toute façon peine perdue : si avant la grossesse, elle était si fluette qu'elle serait peut-être passée entre les barreaux restants, dans son état, aucune chance ! Il y avait de quoi baisser les bras. Mais alors… quoi ?

De toute façon, quand on n'a vu d'une ville qu'une unique artère, fugitivement entrevue, alors que, couverte de tissu épais, on avançait encadrée de soldats… quand de cette ville, on ignore jusqu'au nom… comment pourrait-on fuir ? Trouver de l'aide ? C'est peine perdue.

Alors il va falloir donner naissance à la chose affreuse qui cogne déjà, cet enfant-diable… que le vieux démon lui a fait, dont l'ignoble Satan fripé a mis le germe en elle, cette répugnante sangsue qui boit son sang jusqu'à maturité, toute sa force, sa vitalité, et enfle, enfle dans son ventre tendu à éclater – Os-de-Poulet est l'insecte qui a, sous sa peau, pondu sa larve dégoûtante qui va la dévorer.

9.

Elle devrait avoir mal, mais non. Elle le répète d'ailleurs : même pas mal ! Pourtant ils lui découpent le ventre avec une grande épée. A l'intérieur, il y a des bras géants, rien que des bras qui sortent d'elle, et ils n'ont pas de peau, et ils l'étranglent. Elle se réveille en sueur, le ventre dur comme de la pierre. Rien ne bouge plus, dedans.

Un peu plus tard, voilà qu'ils entrent tous dedans, Os-de-Poulet, la Merguez, le méchant traducteur du centre de détention, tous les soldats hilares, et même un grand homme roux qui est sûrement celui qui a rendu Sherine si folle. Tous ils entrent, mais comme dans un souterrain, car elle a au milieu du ventre un escalier tout noir – et puis ils sont dans sa tête – et voilà qu'avec de grandes aiguilles ils sont là de nouveau, et lui cousent la bouche et les yeux, pour être sûrs qu'elle ne les expulse pas… elle se débat, mais réalise que ses membres ne lui répondent plus, ne lui appartiennent plus, il n'y a que sa tête qui s'agite mollement au bout d'un cou de plus en plus mou – tout en plantant leurs grandes aiguilles ils partent d'un grand rire.

Quand elle se rendort, elle fuit – elle essaie de courir dans une rue sans fin, entre des murs qui ressemblent tous à celui qui fait face à sa fenêtre, mais impossible, elle est lourde, si lourde, lestée par son ventre énorme, et elle tombe, la Merguez sur elle, elle voudrait crier, elle crie, elle crie, mais aucun son ne sort de sa bouche, aucun son ni aucun souffle, et elle a du sang plein les mains, plein de sang, elle pleure du sang et ne peut pas crier.

Toutes ses nuits se ressemblent, et les jours se distinguent de moins en moins les uns des autres. Elle est si fatiguée qu'elle doit souvent s'allonger, même si elle voudrait rester toujours debout – seulement elle a des sueurs, ses jambes deviennent molles, et devant ses yeux passent des papillons blancs, et puis elle tombe… bien sûr, elle peut perdre le bébé si elle tombe, c'est un point à ne pas négliger… mais elle tombe si mollement, si mollement, qu'Os-de-Poulet à l'intérieur n'a sans doute pas mal…et elle a envie de vomir, de le vomir, comme un gros ténia humain qui la mangerait…

Sa fatigue ne doit pas se voir tant que ça, ou alors les quatre femmes décident que ce n'est pas important, car elles viennent la chercher un jour : il faut retirer les rideaux du bureau du maître de maison. Il ne les trouve pas à son goût ! Elle revoit la grande pièce où il l'a accueillie, le premier jour. Ce n'est pas si loin de sa chambre, en fait. Elle essaie de mémoriser le chemin, malgré la confusion que génère son épuisement. Elle se demande comment il va réagir quand elle va rentrer, si lui non plus ne verra pas qu'elle est malade ou s'il aura peur pour son fils… cet imbécile qui croit que c'est un fils, forcément un fils ! Qu'est-ce qu'il fera si elle attend une fille ? C'est vrai, elle n'a jamais envisagé que ce soit une fille, elle non plus… si c'est une fille, elle l'appellera Surprise. Ou Liberté. Comme si elle pouvait choisir… bah, une fille, elle pourra choisir ! Elle sourit toute seule, bêtement, en marchant – il ne faut pas, elle doit avoir l'air sérieux ! Tout de même, au cas où ce serait une petite fille, elle ose un petit câlin sur son ventre. Comment se fait-il qu'elle non plus n'y ait pas pensé jusque-là, que l'enfant pouvait être de sexe féminin ? Pauvre petite. Peut-être qu'il la tuera à la naissance ? Ma foi, n'est-ce pas ce qui peut lui arriver de mieux ? Peut-être qu'il va demander si son fils va bien quand elle entrera dans la pièce… ne pas sourire… Mais dans la pièce, il n'y a personne, évidemment : il est certainement sorti, il ne va pas rester là alors qu'il y a tant de femmes qui s'activent autour de lui.

Au milieu de la pièce, elle se cogne à la table de travail d'Os-de-Poulet : une liasse de papier tombe à terre, qu'elle ramasse comme elle peut, lourdement. Ce sont des pages manuscrites. Elle essaie de remettre les feuilles dans l'ordre, sans trop oser déchiffrer, gauchement. « Tu sais lire ? » demande Yasmine, bourrue, mais moins aigre que d'habitude. Imane acquiesce – peut-être qu'il ne fallait pas le dire, mais ça lui paraît tellement évident… les quatre femmes se regardent, méfiantes, mais ne réagissent pas.

Il y a d'immenses rideaux vieil or posés sur une chaise, devant l'une des fenêtres. On lui demande de monter décrocher ceux qui y pendent pour l'instant ; comme il y a trois fenêtres, elle suppose qu'elle va devoir décrocher six rideaux, et en pendre six autres. La tête lui tourne un peu, mais elle monte… d'autant plus volontiers qu'un reste de curiosité l'anime : d'en haut, près des vitres, et sans les rideaux, elle verra sans doute enfin ce qui entoure la maison ! C'est tout de même incroyable, non ? Vivre dans une ville sans nom, au milieu de gens sans nom, et ne pas même connaître la rue dans laquelle se trouve la porte d'entrée ? Justement, maintenant qu'elle gravit les premières marches, elle la voit, cette rue, et tout lui revient d'un coup, le trajet avec Roanne et Chichek, dont elle se demande bien où elles sont maintenant, dans quel état... à quoi bon y penser... cette rue ! De l'autre côté de la vitre, elles sont passées ensemble, elles ont regardé les grilles richement ouvragées, plus belles que celles des maisons voisines, la maison est juste à côté d'un carrefour, mais désert, si désert... sa chambre doit donner sur une ruelle, pas sur la large rue qui longe la façade, elle serait plus claire. Il y a d'autres maisons plutôt délabrées autour, certaines ont des trous dans les murs, elle se rappelle ! En venant de chez la Merguez, la rue montait. Il n'y aurait qu'à retrouver le carrefour juste à droite de la porte d'entrée, suivre la pente, s'installer dans la maison vide à côté de celle de la Merguez, la maison aux abricots, où le linge tout raide doit continuer de s'empoussiérer... elle se souvient soudain des sanglots discrets dehors, la nuit – de cette petite fille attachée – elle ne saura jamais ni qui, ni pourquoi, ni même si c'était vrai – mais des sanglots, pourtant... pauvre, pauvre petite fille au creux de son ventre à elle !

« Bon, tu te dépêches, oui ? »

Elle rêvait, elle a ralenti le rythme, arrêté de décrocher les rideaux, les femmes la houspillent. Ce n'est pas si grave – enceinte comme elle est, elles n'oseront pas la battre. Elles ont d'ailleurs l'air inquiet... C'est bizarre même qu'elles soient allées la chercher. Os-de-Poulet ne doit pas savoir. Les quatre oies noires ont sûrement le vertige, voilà tout. On leur a demandé de monter à un mètre cinquante au-dessus du sol et elles ont peur. Elles sont enfermées là depuis la nuit des temps, elles n'ont jamais rien appris, on leur a toujours dit qu'elles ne savaient pas et qu'elles ne pouvaient pas et qu'elles ne devaient pas, alors grimper sur une échelle, c'est une telle promotion que ça leur fait tourner la tête ! Sinistres gourdes ! Reptiles ! Trop méchantes pour qu'on les plaignent ! N'empêche qu'il va falloir redescendre, alors elle se dépêche de décrocher le dernier rideau. D'ailleurs... elle a bien les lieux en tête maintenant, mais à quoi bon ? Elle croit sortir ? Il y a des barreaux partout, et la porte doit être aussi bien fermée que celle de la Merguez. Et puis dehors, avec une grande nappe noire sur la tête, bien sûr on ne la reconnaîtrait pas, mais il faudrait qu'elle soit accompagnée pour ne pas se faire arrêter ! Et si on lui parle… l'accent, ils sauront. Oups – dernier crochet – le rideau s'affaisse mollement, et on lui tend la splendeur ocrée, souple et moirée qui doit le remplacer. Celui-là, elle ne se le mettra pas sur la tête pour sortir avec, ce serait presque comme une couronne de gyrophares !

Beau tissu, toucher sec, beau tomber. Un plaisir à coudre. La tête lui tourne de plus en plus, mais elle a décidé de ne plus se laisser distraire : elle en a assez d'entendre les grosses femmes chuchoter. Dernier crochet du premier rideau neuf… elle tend tout son corps vers la tringle… dehors, elle voit le carrefour, ainsi penchée – puis tout devient blanc, et voilà qu'elle bascule… « Sur le ventre ! » a-t-elle le temps de penser, et elle se laisse aller, la panse en avant, sans mettre les mains, tirée en bas par le poids du fœtus suicidaire.

Une atroce douleur la tire de sa torpeur. Elle est sur le sol, sur le flanc, et les quatre fantômes bavards se tordent les mains au-dessus d'elle, sans même s'approcher. Elles doivent savoir qu'elles vont être battues… elles ont peur… Imane sent poindre un sourire, mais une explosion d'aiguilles dans sa mâchoire lui passe l'envie de se moquer. Elle a l'impression que ses dents sont en miettes – pourtant, d'une langue prudente, elle constate que rien n'est déplacé côté dentition. Alors quoi ? Les larmes jaillissent toutes seules de ses yeux quand elle essaie de demander, et les quatre pleureuses continuent à se tordre les mains… elle ferme les yeux.

Quand elle revient à elle, Os-de-Poulet est là. Les quatre femmes n'en mènent pas large. Il a l'air furieux, mais au moins il se penche sur elle, murmure « mauvais… » et, à la surprise de la jeune fille, sort de sa poche un téléphone portable. C'est vrai qu'il vit dans le même espace-temps qu'elle, et donc qu'elle avant lui… il doit sûrement regarder la télé aussi… il a l'air de sortir d'un autre siècle pourtant, avec sa troupe de femmes honteuses… il rappelle à Imane des histoires de fantômes qui reviennent, assoiffés de malheur et de sang… fantôme, démon, et dans son ventre, donc ?

Des infirmiers à peu près contemporains viennent la chercher, accompagnés d'une femme voilée qui, à la grande surprise d'Imane, s'avère être doctoresse. Elle lui tâte le ventre, puis le visage, et Imane hurle. Il faut faire une radio, dit-elle. La mâchoire est déplacée, peut-être pire. Ils vont l'emmener. Et ils l'emmènent... la voiture n'a même pas démarré que les cris stridents de la femme d'Os-de-Poulet retentissent. « Votre mari est fâché ! » glisse le docteur. Imane, interloquée, réalise que l'inconnue a peut-être raison : comment savoir si elle n'est pas la femme du vieillard, dans ce monde dont elle ignore les codes ?

10.

On lui a fait avaler un médicament amer – mais, a dit le docteur, ce n'était pas grand-chose, car avec un bébé dans le ventre, on doit supporter la douleur, on ne peut pas se droguer. Il suffirait donc, se dit Imane, de prendre un bon calmant, et l'autre à l'intérieur cesserait d'être un problème ? Si seulement elle avait su ! Il y a peut-être des médicaments dans la salle de bains où elle a eu le droit de se laver, après le départ de Sherine ?

Peut-être... de toute façon, c'est peine perdue : elle est toujours enfermée à clef, ou surveillée par Os-de-Poulet et ses quatre harpies. Si Murina avait vécu auprès d'un maître pareil, elle serait encore en vie... Imane soupire, est-ce qu'on va la garder ici ? Elle a laissé sa pochette secrète dans sa chambre, avec le téléphone dedans, la vieille photo d'Ocalan qu'elle ne regarde même plus, toute sa fortune dérisoire – elle a trop grossi, une ceinture c'est compliqué à porter, et puis à quoi bon, quand on reste dans sa chambre ? Si elle avait su que les femmes allaient venir la chercher... en même temps ça vaut mieux, à l'hôpital, de ne rien avoir de précieux sur elle. Car l'endroit a tout l'air d'un hôpital... sur un brancard, on l'a portée dans une grande salle pleine de gémissements et d'odeurs bizarres, où des gens tremblant de fièvre ou dégouttant de sang attendent, avachis, qu'on s'occupe d'eux. Est-ce qu'ils vont la déshabiller, lui mettre une blouse de malade ? Est-ce qu'elle va rester longtemps ? Est-ce que quelqu'un aura pitié d'elle, est-ce que quelqu'un sera gentil, est-ce qu'on va lui parler ? Mais non... ce sont tous les mêmes, la Terre est envahie... elle réalise soudain que la femme médecin est à côté d'elle, et lui annonce que ça va être son tour.

« Mais... tous ces gens ? » Elle se rend compte, en parlant, que sa langue est tout engourdie ; ses dents lui semblent bizarrement plantées.

« Tous ces gens ne sont pas mariés à quelqu'un d'aussi important, soupire la dame. Il a insisté, il faut prendre soin de toi. »

Os-de-Poulet, quelqu'un d'important... un vieux type édenté qui griffonne sur un coin de bureau, quelqu'un d'important ? Sérieusement ? Elle est l'Epouse de Quelqu'un d'Important ? Elle a trop envie de rire... évidemment, ça lui fait très mal, et les larmes lui jaillissent de nouveau des yeux. Raison de plus pour qu'on la prenne en charge vite, et voilà qu'on l'emporte...

Le radiologue se gratte le menton, l'air soucieux.

« Ta mâchoire est cassée. Pas fêlée, hein ! Cassée, carrément. Tu n'y es pas allée de main-morte ! »

Imane se tait, gênée : il ne peut pourtant pas savoir qu'elle a fait exprès de ne pas mettre ses mains devant elle ? Mais non... l'homme poursuit :

« Ces femmes enceintes, ça n'a aucun réflexe... et maintenant, il va te falloir six semaines d'immobilisation. Il va falloir boire à la paille. Est-ce qu'avec un bébé en toi, c'est raisonnable ? »

Imane suppose qu'elle doit répondre, mais tout ce qui sort de sa bouche est un grognement : la douleur empire quand elle essaie de s'exprimer.

« Non. Bien sûr que ce n'est pas raisonnable. Comment vas-tu nourrir ton bébé, dedans ?

- Mmmm...

- On va tenter de ne pas bloquer complètement l'articulation, d'éviter d'opérer aussi, tant pis si ça cicatrise moins bien...

- Qu'est-ce... que... ça... change ?

- C'est dommage, dit le radiologue en regardant le petit visage blessé, c'est une jolie tête régulière, est-ce que le mari tient à la jolie tête ? »

Tétanisée, Imane n'ose plus faire un geste. Même avaler sa salive l'inquiète. Elle sait bien à quoi tient Os-de-Poulet... Celui-là est pareil que les autres, il parle d'elle comme si elle était destinée à décorer le salon... et manger ? Il n'a pas l'air de trouver important qu'elle mange, à part pour le bébé ?

« Bon, on va la garder quelques jours, avec une perfusion et de la bouillie, et après... on verra avec le père si on la renvoie chez elle. »

Chez elle ? Imane imagine la joie perverse avec laquelle les trois sœurs et leur mère pourraient faire exprès de mal la nourrir, de cracher dans la soupe, de pisser dedans même. Elle ne pourrait pas parler ! Plus de peur. Et lui tâter un peu le menton pour rire ? Est-ce qu'elles ont trop peur d'Os-de-Poulet ? Est-ce qu'il s'énerverait même, du moment que l'enfant pousse ? Et si c'est une fille... et si elle le perd, l'enfant, qu'est-ce qu'il fera ? Il tuera la vieille ? Les trois vieilles filles, qui n'ont d'ailleurs pas trente ans… sans doute se dépêchera-t-il de l'engrosser de nouveau… elle a envie de vomir, mais trop peur d'aggraver sa fracture pour bouger.

N'empêche qu'elle se retrouve dans un lit, entre deux autres lits, occupés par deux autres femmes. Bien sûr, elle ne peut pas parler – mais elle écoute. Elle apprend bien des choses : que l'ennemi a reconquis une partie du terrain, par exemple – leur ennemi, pas le sien ! Ou qu'on est en mars – elle compte sur ses doigts, elle croit bien qu'une grossesse dure neuf mois, combien lui en reste-t-il ? Deux, trois, quatre ? Est-ce que c'est toujours neuf mois ? Mais ce qu'on lui révèle de plus important, c'est le nom de la ville où elle se trouve. Non qu'elle la connaisse… mais elle pourra dire où elle est, au moins, si jamais Gulan… Gulan… si jamais Gulan, sur les ailes d'un ange, survole le territoire à lents cercles obstinés, en l'attente d'un signal électronique. Fort probable… Imane hausse les épaules, et se laisse aller contre l'oreiller le plus confortable sur lequel il lui ait été donné de s'appuyer depuis des mois. Si moelleux… elle s'imagine prise dans un tourbillon de plumes blanches, légères, neigeuses – on est en mars, donc, les jours froids sont passés, les nuits longues, et elle ne s'en est même pas rendue compte… les fleurs, les fleurs vont revenir… dans son jardin, à Sinjberg, les arbres seront roses, et blancs… et roses…

Au bout d'un moment, son esprit redevient clair. Elle se rappelle qu'elle va retourner dans la grande maison pleine de haine mesquine. Elle sait que personne ne lui dira rien, ni pardon, ni « comment te sens-tu ? » - non, rien. Même pas le vieux futur papa, non. Peut-être qu'il lui demandera, à la limite, si elle est sûre que le bébé va bien – mais non, il a dû interroger le docteur, déjà. Elle sent dans son ventre de petits coups de talon joyeux qui la glacent. Elle réintègrera le silence cotonneux, la chambre vide, la lumière grise de la fenêtre trop haute. Au sein de ce silence, cependant, quatre êtres agissent sourdement. Contre elle, autant que leur peu de pouvoir le leur permet, forcément contre elle. Est-ce qu'elles auront profité de son absence pour lui nuire ? Soudain elle a très peur pour la photo d'Ocalan, le téléphone, l'argent. Que faire, si on trouve son téléphone ? Personne ne peut savoir depuis quand un téléphone sans batterie n'a plus de batterie. Ils la soupçonneront d'intelligence avec les siens. Ils auront bien raison, si seulement elle en avait la moindre chance, comme elle les informerait, les siens ! Quoiqu'un téléphone ne soit pas tout à fait suffisant : encore faudrait-il avoir quelque chose à leur dire. C'est compliqué, l'espionnage, quand on n'a pas moyen d'étudier autre chose que le mur des toilettes aménagées… Mais maintenant elle sait qu'Os-de-Poulet est important ! Alors… tuer Os-de-Poulet aussi, par exemple, ça doit être important ! L'idée lui semble d'abord étrange, mais pourquoi pas ? C'est peut-être sa seule chance de n'avoir pas vécu pour rien… Elle pourrait trouver moyen de téléphoner, guider les forces kurdes jusqu'à sa maison, leur expliquer où envoyer les bombes pour tous les ensevelir, elle avec, et son gros ventre gonflé à éclater, et elle serait débarrassée de tout, et une martyre qui plus est ! Ses parents, s'ils l'apprenaient, seraient fiers au lieu d'être dégoûtés… et Gulan… et quand bien même plus personne, plus personne n'existe qu'elle puisse appeler sa famille, il y aurait de quoi être fière ! Mais elle ne va pas pouvoir les guider. Comment contacter quelqu'un, surtout si elle ne peut pas passer par sa famille, les seules personnes dont elle connaisse le numéro ? Ses amies, au collège, avaient un portable aussi, mais le numéro qu'elles lui ont donné, elle l'a enregistré sans le retenir… celui de sa mère, celui de son père, celui de Gulan, celui d'Afran aussi, en revanche – elle les a appris par cœur, sa mère avait tellement insisté, parce qu'on ne savait jamais ce qui pouvait arriver – si prudente, si facilement inquiète, Maman.

À nouveau, Imane voit devant elle les branches fleuries de son jardin, le potager, la cuisine parfumée, sa mère en tablier bleu, penchée sur son fourneau… des images du repas du soir, des jeux, sa chambre, et, dans cette chambre, le petit lit d'Ocalan à côté du sien. Elle se sent toute petite, si faible, d'autant qu'elle peut à peine avaler sa salive, et qu'elle n'a plus que ses yeux pour communiquer. Si au moins on lui proposait d'écrire quand on lui parle… mais non, la doctoresse comme les infirmières la regardent fixement, attendant de lire dans ses globes oculaires une réponse qu'elle ne sait comment y imprimer. « Tu as mal ? » Heu… un clin d'œil pour non, je louche pour oui ? Pas drôle. Elle pousse de petits grognements qu'elle espère expressifs. Et puis de toute façon, à quoi bon ? C'est le fils d'Os-de-Poulet que ces gens-là ont pour mission de sauver, pas elle ! La doctoresse a l'air sympathique, les infirmières sont douces, mais pourquoi ces femmes-là travaillent-elles pour les monstres ? Elles n'ont pas eu le choix, peut-être ? Difficile à croire... quoique. Difficile de ne pas s'en douter, en fait. Peut-être que, si elle le lui demandait, la doctoresse lui avouerait qu'ils ont menacé de tuer son mari, emprisonné son fils, battu ses enfants nouveau-nés ? L'une des infirmières a un accent qu'elle n'a jamais entendu, elle doit venir d'un autre pays... est-ce qu'elle a choisi, celle-là ? Comment savoir qui sont ses alliés ? Prévenir quelqu'un, se faire bombarder... plus facile à rêver qu'à mettre en œuvre. Mais l'idée de tuer Os-de-Poulet, maintenant qu'il est paré de l'aura d'un haut dignitaire du Califat, lui plaît beaucoup. Elle n'a peut-être pas besoin de complices ! Pourquoi est-ce qu'elle ne le tuerait pas elle-même ? Est-ce que les filles ne savent pas tuer ? Elle revoit Murina saignée à blanc... pour sûr, elle savait donner la mort, Murina, au moins à elle. A son bourreau, ç'aurait été tellement plus digne ! Quelle excellente façon de relever la tête, vraiment ! D'autant plus qu'il lui revient les propos de Chichek : si une femme les tue, ils vont en Enfer pour l'éternité, ils en ont terriblement peur... comme c'est drôle ! Elle rit doucement, pas assez doucement pour ne pas avoir mal cependant – et de grosses larmes lui montent aux yeux, irrépressibles, dont elle décide qu'elles ne sont pas vraiment les siennes, seulement une manifestation de son corps, tandis que son âme rit encore, très en dedans, très en secret, parce qu'elle a trouvé comment se venger.

11.

On l'a ramenée en voiture, mais ses yeux n'étaient pas bandés. Elle a vu toutes les rues. Elle pourrait s'y retrouver, elle en est presque certaine. Le cœur lui bat. Il n'y a pas grand monde dehors. Les soldats sont nombreux près de l'hôpital, et le long d'une grande rue que le chauffeur a pris d'abord, beaucoup de soldats et d'autres hommes barbus comme eux. Cependant, la ville semble morte, ailleurs : les rideaux des magasins sont fermés, parfois à moitié soulevés, par des pillards sans doute. Le long de trottoirs défoncés, s'alignent des maisons closes, percées de fenêtres brisées, à travers lesquelles pend parfois un morceau de rideau empoussiéré. Elle en a vu plusieurs suffisamment béantes pour lui offrir un passage si elle réussit à sortir ; qui plus est, elle est sûre, parce que la voiture a tourné dans une ruelle où elle est allée lentement, que ces maisons ont des cours pareilles à celle de la Merguez. Alors, en faisant attention... il n'est pas possible qu'ils la retrouvent – à moins que... le cœur lui bat, le sang contre les tempes – à moins qu'ils aient des chiens, qu'ils lancent des chiens qui sentent son odeur. Mais si elle emporte tout avec elle ? Non, pas sa paillasse, c'est impossible. Si elle renverse sur elle un flacon de vinaigre ? Si... elle ne sait pas, mais qu'importe ? Elle n'a jamais entendu aboyer de chien. Elle va tuer Os-de-Poulet, voilà ce qu'elle va faire. Pourvu qu'elle en ait l'occasion.

Os-de-Poulet ouvre la porte lui-même, l'air anxieux. Il escorte Imane jusqu'à sa chambre. Quand il l'ouvre, elle a un choc : quelqu'un a déplacé le matelas ! Il n'est plus dans l'angle, où se trouve maintenant, à la tête du lit... est-ce que c'est un berceau ? un panier à bébé, plutôt – une caisse à bébé. Mais une espèce de couvre-lit dépasse, alors c'est sûrement pour que l'enfant y dorme, quand il aura fini par sortir. Mais alors ?

Os-de-Poulet, ne sachant que faire sans doute à ses côtés, surtout qu'un bandage restreint sa capacité à ouvrir la bouche, sort rapidement de la pièce, non sans lui avoir tapoté la tête. C'est ça... comme à un animal, tiens. Beau geste ! « Qu'il crève », se dit Imane, mais elle se rend compte que ça sonne un peu faux, juste au moment où elle découvre qu'il s'inquiétait – même si c'est pour son fils. Qu'importe... il y aura d'autres moments... l'important d'ailleurs, ce sont ces affaires que les femmes ont peut-être emportées, éparpillées ! Elle fourrage nerveusement entre les vêtements pliés au pied du lit, la jupe rouge, le blouson qui est toujours là – elle ne trouve pas. Certainement les femmes vont découper la photo d'Ocalan en morceaux, lui dessiner des blessures mortelles, et la laisser traîner par terre sur son chemin. Ou alors, la glisser sous sa porte. Ou alors… Non, non, non ! Elle les tuera, toutes, elle les tuera ! C'est idiot. C'est Os-de-Poulet qu'il faut tuer. Elle s'assied au bord du lit, les larmes aux yeux. La bave affleure au coin de ses lèvres peu mobiles. Elle est faible, fragile, perdue ! Voilà ce qu'elle est. Elle, une tueuse ? Anéantie, elle s'allonge… Alors elle sent, sous la couverture défraîchie, un renflement bizarre : c'est la pochette. Elle a dû glisser là tandis qu'elle pliait ses affaires. Elle l'ouvre fébrilement : tout est à sa place, même le téléphone, même la batterie du téléphone. Elle tremble trop pour le remboîter – et la serrure cliquète.

Elle a tout lâché d'un coup, tout laissé tomber dans ses jupes, a attrapé le blouson pour couvrir le trésor entre ses cuisses, et s'est affalée par-dessus. Qu'importe… Ce n'est que le repas du soir, une bouillie de pois chiches portée par Yasmine – qui a l'air moins faraude que d'habitude : derrière elle, qui n'entre même pas, il y a Os-de-Poulet, vérifiant que sa fille aînée ne maltraite pas celle qui porte son futur demi-frère et maître…

Les deux intrus partis, la porte refermée, Imane soulève le vêtement : Ocalan lui sourit joyeusement, dans la tenue de cérémonie qu'il portait pour l'occasion. Elle n'a pas regardé la photo depuis si longtemps qu'Ocalan lui paraît vivant, présent, aimant. Ce n'est pas possible qu'il soit mort. Il a sans doute un peu grandi, c'est tout. Ce n'est pas possible du tout. Ocalan… elle éclate en sanglots, la tête dans ses mains, ayant envie de se laisser aller. Cependant, elle enserre sa mâchoire dans ses doigts pour l'empêcher de se disloquer. Longtemps, elle pleure, hoquète, les épaules agitées de soubresauts, puis elle se lève calmement, mange précautionneusement sa soupe froide et figée, et s'allonge, le lit d'enfant au-dessus de sa tête. Il faut un plan. Ce n'est pas qu'on puisse s'en sortir, ni sauver ni tuer l'enfant… mais elle va bien réussir à imaginer un bon plan ?

12.

Les semaines qui passent, cependant, n'apportent pas grand-chose de neuf. Imane reste enfermée dans son réduit. La tête lui tourne souvent, ses jambes sont gonflées, elle ne peut guère parler. Sa mâchoire cependant se resoude ; la douleur demeure. Os-de-Poulet reste à distance, ce qui n'aide pas à imaginer comment le tuer. Peut-être, s'il décide de lui faire un autre enfant, pourra-t-elle s'en débarrasser ? Elle a entendu, dans le grand hangar cet été, des captives parler de se mettre des lames de rasoir dans le vagin. Bien sûr on meurt aussi… mais si l'homme meurt… est-ce que c'est sûr au moins ? Elle caresse l'idée, seulement la dernière fois qu'elle a vu des lames de rasoirs, ce n'était pas dans cette maison. Est-ce que tous ces barbus en connaissent seulement l'usage ? L'étouffer, l'étrangler ? Il est vraiment vieux, mais elle n'est pas bien grosse, et certainement moins forte qu'avant. Pour ne pas perdre tous ses muscles, elle fait des tractions en se tenant aux barreaux de la fenêtre. C'est d'autant plus efficace qu'elle a envie de les arracher. Mais le vieux, qu'est-ce qu'elle pourrait lui arracher ? Il ne se déculotte même plus… Elle cherche, elle cherche… c'est un peu décourageant. L'assommer contre le berceau ? Encore faut-il que le berceau soit encore là. Est-ce que ce monstre ferait ça avec un nourrisson qui dort à côté ? Et l'enfant, d'ailleurs, qu'est-ce qu'elle va lui faire ? Elle se rappelle les hurlements de sa mère quand Ocalan est sorti, et pourtant c'était un ange Ocalan, alors le fils du vieil Important… elle a tellement peur de l'accouchement, d'être déchirée, écartelée, saignée à blanc, que parfois elle voudrait que l'attente dure toujours – mais non, bien sûr, c'est encore pire, l'avoir dedans.

Un jour, c'est Lalla qui lui apporte son plateau – au lieu de se contenter de le poser, elle l'apporte jusqu'au matelas, le pose sur la couverture, et regarde Imane comme si elle venait de se rendre compte qu'elle était là.

« Tu sais lire ? » demande-t-elle finalement.

Comme ça doit faire trois semaines qu'elle est rentrée, Imane arrive de nouveau à parler. Elle acquiesce, et hausse les épaules : est-ce que les filles ne sont pas déjà au courant ?

Lalla lui tend un papier. C'est une lettre manuscrite, plutôt brève. Il est écrit qu'Abram est mort.

« Qui est Abram ? » demande Imane. « Pourquoi il est mort ? »

« C'est ce qui est écrit ?

- Oui.

- Menteuse ! »

Imane ne daigne pas répondre. Lalla, contre toute logique, trépigne : « Tu dis ça pour me faire de la peine ! Menteuse ! » Elle arrache la lettre des mains d'Imane, et elle sort précipitamment de la pièce. Imane soupire, et mange son repas.

Quelques jours plus tard, Os-de-Poulet entre dans la pièce, l'air grave. Lalla est avec lui, elle baisse les yeux. Imane croit qu'il veut la gronder de savoir lire, ou d'avoir menti, à moins qu'on ne compte lui apprendre qui est ce mystérieux Abram ? Os-de-Poulet, néanmoins, lui dit juste qu'il faut penser à se préparer à mettre son fils au monde. Elle frissonne : est-ce qu'il a compté les jours ? Est-ce que ça va arriver tout de suite, cette nuit, demain ? Elle n'ose pas demander.

La nouvelle délivrée, Os-de-Poulet devrait partir, mais il reste devant elle à se tortiller vaguement. Une vague appréhension la gagne... Le silence dure... finalement Lalla lâche, l'air dégoûté :

« Le docteur pense qu'il faut t'ouvrir le ventre, tu es trop minuscule, on croirait un enfant de dix ans, tu n'es pas assez large pour qu'un enfant passe... »

Imane regarde Os-de-Poulet ; Os-de-Poulet regarde ailleurs. Lalla, en revanche, la fixe complaisamment, sans doute ravie de lui annoncer la torture à venir. Ouvrir le ventre ? Mais où ça ? Quand ça ? Comment ? Elle imagine Os-de-Poulet brandissant un sabre au-dessus de son nombril, et lui arrachant la peau d'un coup, comme les siens décapitent les innocents... Hop ! Un bouchon qui saute ! Giclées de sang...

« Alors tu viens avec nous ! »

13.

Elle s'est réveillée vaseuse, un goût métallique dans la bouche, incapable de se lever et même de s'asseoir. Elle avait très mal – normal, lui a-t-on dit, on ne donne pas de médicaments efficaces à une mère qui allaite, est-ce qu'elle a oublié ? Mais non, elle n'a pas oublié... C'est vrai, son ventre est vide, elle respire mieux, et en posant la main dessus elle sent qu'il est – non, pas tout plat, mais aplati. Puisqu'elle est réveillée, lui dit-on, on va lui amener l'enfant.

L'enfant ? C'est un vrai enfant maintenant ? Mais elle n'en veut pas ! Il va lui manger le sein ? Un petit Os-de-Poulet ? C'est une fille ou pas, d'ailleurs, cet enfant ? Comment va-t-elle faire pour s'en débarrasser ? Ils ne pouvaient pas lui donner le biberon, s'en aller avec, disparaître ? Son regard fait le tour de la pièce, toute blanche et qui sent la javel – il n'y a qu'une porte, qui s'ouvre pour laisser passer une infirmière portant un enfant rosâtre enveloppé dans un linge. Comme on le lui pose sur le ventre, elle croise son regard encore trouble, et ce petit visage fripé est la réplique de celui d'Ocalan. Elle se sent fondre... le bébé, posé sur son torse, rampe vaguement vers son sein, promenant sa bouche minuscule partout où il espère pouvoir téter. Elle pose sa main sur lui, le caresse doucement, tandis que de grosses larmes dégoulinent sur ses joues. Aidée par l'infirmière, elle réussit à se caler contre l'oreiller... l'enfant, concentré, ne ressemble plus tant à son petit frère, mais soudain il bascule la tête en arrière, repu, un vague sourire aux lèvres, et de nouveau c'est lui ! Ocalan, Ocalan tout craché – mais les yeux gris cependant, leur couleur encore indéterminable – c'est Ocalan et ce n'est pas lui, et Ocalan, le vrai, lui manque terriblement – cet enfant-là, elle décide qu'elle l'appellera Olacan, presque son frère mais pas tout à fait.

« Il s'appelle Martial », glisse l'infirmière, et elle emporte l'enfant.

14.

Elan du cœur, vagues d'amour, palpitations – il est là, minuscule, il sent l'odeur de sa famille, sa nuque parfumée, si tiède, ses cheveux comme de la soie noire, sa peau tellement douce que c'est comme si on ne la sentait pas – élan et vagues, tendresse qui déborde partout, remplit la gorge, les mains, les yeux – ses vagissements, ses clignements d'yeux. Parce qu'il y a l'enfant, parce que c'est un fils, parce qu'Os-de-Poulet n'a jamais eu d'autre fils, Imane a le droit de sortir dans le couloir pour le bercer, et sa porte n'est plus fermée à clef. On demande, pour qu'il puisse dormir, de ne pas faire de bruit, de marcher à pas feutrés. Seule Imane peut le calmer quand il pleure. Les autres femmes ont tenu à le prendre dans leur giron, mais il était clair qu'elles ne l'aimaient pas du tout, et il l'a senti, c'est un enfant éveillé, sensible. Quand il tète, il fait à sa mère de petites caresses qui lui font supporter les douleurs que provoquent la rétractation des muscles sectionnés à l'hôpital. Quand il la regarde, un vague sourire aux lèvres… c'est comme si le monde se dissolvait là où son regard ne portait pas – dans le flou blanc du monde, Imane se sent bien. Elle arpente le couloir, son fils dans les bras, et n'a plus envie de s'enfuir… Seulement, hors ces instants de communion, l'angoisse la tenaille, différente, nouvelle : comment faire pour rester auprès de lui, le garder à elle, qu'il ne devienne pas un monstre ? Se pourrait-il, lui si petit, si confiant, si beau, qu'il devienne un criminel ? Olacan, double d'Ocalan, un criminel ? Et alors il la détestera. Est-ce qu'elle pourra l'empêcher, qu'il tue, qu'il la déteste ? Que faire d'autre qu'essayer ? Essayer… mais comment ?

Pour qu'il devienne quelqu'un de bon, elle lui raconte des choses douces. Elle lui parle doucement, à l'oreille, quand personne n'écoute, en très grand secret : elle lui dit sa fuite, comment on l'a empêchée. Elle ne lui raconte pas ce qui lui est arrivé depuis, seulement ce qui arrivait avant, quand il y avait une famille, des fêtes, des saisons, des prières auxquelles elle croyait, un espace qu'elle connaissait. Elle lui dit sa maison, son jardin, et elle ajoute que ce sont un peu ceux d'Olacan aussi, qu'il est de sa famille. « Tu es de Sinjberg, tu sais ? C'est très beau chez nous. On jouera dans le jardin, un jour, tous les deux. On fera une fête pour toi quand on reviendra, tu verras ! Avec de grandes tables dressées dans la cour… des nappes brodées tellement belles ! Tu sais ce que ça veut dire, des nappes brodées ? » Elle se souvient beaucoup mieux quand elle lui parle… « Maman fera des beignets sucrés, elle réussit la pâtisserie tellement bien… » L'idée que c'est elle, Maman, et que sa mère est la grand-mère d'Olacan, la trouble. Ocalan est donc l'oncle d'Olacan… ou le contraire ? Elle mélange les noms. Elle n'aurait pas dû jouer avec. Est-ce qu'Ocalan, le vrai, ne l'a pas préparée à être mère ? Elle se sent à la fois maternelle, et presque aussi enfant que le bébé. Un jour, elle lui montre comment elle faisait de l'exercice pour rester en forme, avant lui, les mains agrippées aux barreaux de la fenêtre haute. L'un des barreaux bouge beaucoup, il est à moitié descellé à force, constate-t-elle – mais elle ne pense pas à s'enfuir, il est encore trop petit, elle ne pourrait pas l'emmener. Plus tard, peut-être ?

L'idée fait son chemin dans sa tête : plus tard, elle fuira avec lui. Quand Yasmine prétend aigrement que son lait est mauvais, qu'il ne faut pas que l'enfant s'habitue à elle, elle reste calme, parce qu'elle imagine leur départ. Bientôt. Olacan la suivra, docile, silencieux, pendant qu'ils crieront des « Martial ! » Olacan, Ocalan…

Elle montre au bébé la photo de son petit oncle, son double, et il essaie de la mettre dans sa bouche, ce qu'Imane interprète comme un baiser.

Un matin, Os de Poulet, pris d'un accès de lyrisme, lui tient des propos surprenants :
« J'ai du flair, petite, j'ai du flair ! Toi, j'ai tout de suite su que tu pouvais faire un garçon !
- Tout de suite ? Comment ça ?
- Parce que tu avais l'air d'un petit garçon toi-même ! Ce buste tout plat, ces hanches étroites… Je n'aime pas trop les femmes dans ton genre, mais je savais ! »
Il la détaille des pieds à la tête, comme s'il réalisait qu'elle n'était plus tout à fait la maigre enfant qu'il avait achetée. Imane se dit qu'il a juste vu qu'elle avait treize ans, cet âne, et que d'ailleurs elle n'est sans doute plus si plate ni si étroite - mais elle a appris à ne pas sourire de ses imbécilités.

Puis le vieil homme ajoute quelque chose d'autre, de bien plus étrange :
« Tu as grandi ! C'est parce que tu as eu un garçon ! »
Cet idiot-là, un homme important, respectable ?

Peu de temps après, néanmoins, Imane pose Olacan endormi sur le lit, et passe sa vieille blouse pour voir… et c'est vrai, elle a grandi, les manches sont bien plus courtes qu'avant. Est-ce que c'est arrivé pendant sa grossesse ? Elle regarde son ventre mou et marbré, ses jambes encore enflées, elle est de moins en moins elle… mais l'enfant, qui vient d'ouvrir les yeux, la regarde avec tellement d'amour qu'elle ne se sent plus laide du tout.

Une nuit, son petit garçon a mal aux dents sans doute, il se réveille en pleurant de douleur, les joues rouge vif. Elle le berce… elle chantonne des chansons de son enfance à voix basse, espérant qu'il se rendorme… mais comme il continue de crier, elle sort marcher dans le couloir, de long en large – leur chambrette est vraiment trop petite. Elle marche, elle chante, l'enfant se calme peu à peu… elle s'arrête, il pleure, alors elle reprend sa marche, chante un peu plus fort…

« Mécréante ! Cet enfant ne doit rien savoir de ton passé ! Toi-même, tu devrais l'avoir oublié ! »
Os-de-Poulet est furieux. Il lui interdit de chanter les chansons qu'elle connaît. De parler sa langue maudite à l'enfant. C'est Martial, son fils à lui. A lui seul. Un Réglamiste, un Abricain ! Mauvaise femme ! Donne ton lait, pas des paroles !

Ce ne serait rien, mais en sortant, il a emmené Martial enfin endormi. Il ne le lui rend que tôt le matin, parce que le bébé a faim. Imane n'a pas fermé l'oeil, son fils arraché à elle – elle ne savait pas quand il le lui rendrait. Elle est si heureuse de le revoir qu'elle manque de l'appeler « Olacan » tout de suite, et pour se rattraper elle l'appelle son chéri dans sa langue, mais la moitié du mot reste coincée en travers de sa gorge… en abricain, maladroitement, elle entreprend de saluer le nourrisson. Qu'on le lui laisse, surtout !

Quelques jours plus tard, alors qu'elle croit être seule, elle montre à son fils la photo d'Ocalan. Il essaie vaguement de l'attraper, elle lui répète, en riant « oncle Ocalan, oncle Ocalan ! » Et soudain Lalla est là, rouge de fureur. Elle ne lui dit pas un mot, disparaît en un instant – Imane se demande si elle n'a pas rêvé.

La réponse vient au bout de quelques heures : tant pis pour le lait, on trouvera bien une nourrice, ou des biberons. Elle ne verra plus son fils, c'est une mère indigne, elle essaie de lui apprendre des choses.

15.

Assise sur son lit, dans la chambre à nouveau fermée à clef, Imane ne pense plus à rien. Elle fixe le mur, le visage dépourvu de toute expression. Lui prendre Olacan… sur ses genoux, il y a la vieille photo d'Ocalan, deux fois perdu. Elle devrait pleurer sans doute, réagir, mais il n'y a plus aucune idée en elle, aucune logique, rien – seulement une grande douleur amère qui la rend imbécile. Elle ne bouge pas. Au bout d'un temps indéterminé, elle entend Olacan pleurer très loin, puis de nouveau c'est le silence. Son fils. Son amour. Rien.

Longtemps après, elle se redresse, et passe, avec des mouvements d'automate, sa ceinture et sa jupe rouge, qui est trop serrée maintenant. Tant pis, elle serre. Elle enfile sa blouse, le blouson de Murina, passe la ceinture secrète qui elle, heureusement, est réglable… elle veut revenir avant, c'est tout. Avant. Il ne lui est rien arrivé. Cet enfant, elle l'a rêvé. Quel enfant ?

Elle renonce vite à porter la jupe, passe sa tenue sombre par-dessus la blouse. Ce n'est pas grave, elle a quand même treize ans, peut-être quatorze maintenant – sans doute quatorze, oui – c'est une enfant, une petite enfant. Non contente de se pendre aux barreaux, elle monte sur la bassine, comme quand elle est arrivée – et c'est vrai que la fenêtre semble moins haute, elle voit mieux dehors. Si seulement… elle tire sur les barreaux, qui résistent. Est-ce qu'ils vont lui rendre son fils ?

Pendant quelques jours, en effet, l'une des filles lui amène le bébé pour qu'elle le nourrisse – mais si peu souvent qu'il lui semble clair qu'Os-de-Poulet a trouvé une autre solution – qu'à tout le moins, il en teste d'autres. Imane, accablée, ne dort presque plus. Olacan pleure en tétant et s'endort, épuisé, avant d'être rassasié. Elle n'ose même plus le caresser, lui parler, une ennemie toujours à ses côtés, la surveillant. Elle vit dans un état semi-comateux. Elle n'est plus qu'un animal nourricier… Un soir, elle réalise qu'elle attend depuis le matin, en vain. De rage, elle frappe les murs, boxe son matelas. Puis elle ouvre la fenêtre, secoue sauvagement les barreaux – et voilà que l'un d'eux, subitement, lui reste dans la main.

Quatrième partie – Dehors ?

1.

Elle n'a même pas réfléchi. Elle a sauté. A peine a-t-elle pensé à jeter au sol les vêtements noirs dont on la force à se couvrir en public – il s'en est fallu de peu qu'elle ne soit sortie en chemise, condamnée à se terrer jusqu'à la fin de la guerre, la fin de la vie, se dit-elle, accroupie par terre, un peu sonnée – et elle rit doucement.

Dans l'obscurité, elle n'entrevoit que les murs plus clairs, vaguement bleutés, des maisons qui bordent la rue. C'est heureux, on ne la repèrera pas. Personne ne peut l'avoir vue sauter, et il est trop tard pour que quelqu'un entre dans sa chambre avant le lendemain – certainement pas à l'aube. A moins qu'Olacan ne pleure, cette nuit ? Pour chasser l'amour, elle crispe ses jointures sur le drap noir, du plus fort qu'elle peut. Puis elle se jette à l'aveuglette dans la ruelle – elle cogne le mur, titube, et décide de le longer jusqu'au carrefour – où rien ne brille, rien ne bouge, rien n'effraie. Seule dans la rue déserte, portée par une vague de rage impuissante, elle progresse tranquillement. Il y a plein de maisons fermées, certaines ont des fenêtres allumées. C'est pratique, si tard : lorsqu'elle repère une porte béant sur l'obscurité, elle est sûre de ne pas se faire prendre. Elle est si fatiguée qu'elle n'a pas peur, d'ailleurs. Elle a butté sans faiblir contre des nids de poule, des cailloux, le bord des trottoirs – elle porte des babouches qui, curieusement, ne sont pas restées dans la chambre, elles non plus. En entrant dans la maison vide, poussiéreuse, elle se répète qu'elle a toute la nuit devant elle : de jour, elle ne pourra plus se déplacer – mais dans deux heures…

Est-ce qu'elle peut allumer ? On n'y voit rien du tout, mais allumer, c'est se faire repérer. Dans le noir de l'entrée, elle attend quelques minutes, une éternité. Puis elle commence à discerner des formes. Elle avance prudemment – il flotte une odeur bizarre, répugnante. En face d'elle, il y a une porte, peut-être celle du séjour, et de la lumière filtre à travers cette ouverture – pâle et bleue, un rayon de lune sans doute, à moins qu'un réverbère, sait-on jamais… elle approche. Quelque chose bouge, elle en est sûre – des ombres se déplacent. Elle se fige, le cœur battant.

Au bout de quelques secondes, elle réalise que ce sont les branches d'un arbre qui vont et viennent devant une lumière – sans doute un éclairage extérieur… est-ce que quelqu'un paye l'électricité, se demande-t-elle ? Allons… c'est peut-être une lumière qui s'allume la nuit avec une pile ? Depuis tant de temps… une pile durable ? Ce n'est pas dangereux, une lampe, mais elle a peur. A moins que ce soit une lampe allumée dans une autre maison, une maison habitée ? Ce n'est pas rassurant non plus, si proche.

Elle ne bouge plus. Elle commence à avoir envie d'aller aux toilettes, et elle a soif. Ses seins lui font mal, une journée entière à fabriquer du lait pour un enfant perdu. Elle sait qu'elle va lui manquer, encore plus qu'il ne lui manquera. Elle sent les larmes monter, serre les dents – ne pas y penser, ne pas y penser. La main sur le mur, elle avance d'un mètre, sent une poignée de porte, la porte cède. Ce sont des toilettes…

Elle n'a pas allumé. Elle ressort, toujours dans le noir. Les vivants sont trop près. Elle se sent plus légère… elle ose passer, à tâtons, à travers la porte plus claire. La lumière vient bien de la fenêtre d'en face, personne ne la guette.

Au milieu du carrelage, elle repère un amas bizarre. Du tissu ? Elle s'approche un peu, encore un peu… entre les plis obscurs, elle reconnaît une forme humaine. Un mort ?

Elle recule précipitamment… il y a, dans cette pièce silencieuse, peu de traces de lutte – une chaise renversée, quelques objets par terre, rien de plus. Pourtant, si la porte est ouverte… un mort, depuis tout ce temps ? A moins qu'il soit mort depuis peu. Est-ce qu'on est venu assassiner quelqu'un ici, parce que c'était calme ? L'air autour d'elle lui paraît plein de mains, de doigts furtifs, de canons de fusil. D'yeux qui la guettent. Des ennemis, ou la mort, simplement ? Elle déglutit avec difficulté, recule, fait volte-face, et retourne dans la rue. Le seuil est si près… elle a passé si longtemps ici, à faire deux mètres ! La peur qu'on la retrouve juste à côté de sa prison l'étreint. Ils la feront décapiter pour avoir fui. Et parce qu'elle vient d'abandonner son fils, c'est sûr.

Seulement, elle ne les laissera pas la trouver.

Les rues avoisinantes sont désertes, les maisons ont manifestement été pillées, leurs portes béantes, des meubles cassés en travers. Elle marche très longtemps, aussi droit qu'elle peut, aussi loin qu'elle peut – mais elle ignore l'heure qu'il est, et elle a peur, faute de savoir où se termine la ville, s'il y a des check points, s'il y a une garnison… de se jeter dans la gueule du loup, d'autant qu'elle continue de porter sa tenue d'extérieur dans ses bras : avec tout cela sur elle, impossible d'avancer, vraiment. Elle doit être dans un quartier périphérique maintenant, pour autant que les formes moins massives des bâtiments ne la trompent pas. Elle entre dans un jardin, puis repère une maison qui a l'air vide, de nouveau – mais elle se méfie… elle ouvre la fenêtre en passant le bras à travers, car les carreaux sont cassés : il faut bien se mettre à l'abri, d'autant qu'elle est épuisée. Si elle n'avait pas si soif, elle se coucherait par terre jusqu'à retrouver des forces… elle avance prudemment, mais, dans le jour naissant, elle repère facilement la cuisine. Elle y trouve quelques conserves dont elle boit même le liquide. Comme elle a encore soif, elle essaie d'ouvrir un robinet, mais l'eau semble coupée.

Elle sera certainement mieux cachée à l'étage… pourvu qu'il n'y ait rien d'horrible là-haut ! Elle monte l'escalier en retenant son souffle. Pas de mort, mais plusieurs chambres absolument vides, dans lesquelles des lits moelleux semblent l'attendre, l'appeler même… Elle hésite, choisit le couvre-lit rose de la chambre du fond. Tandis qu'elle s'endort, elle se dit vaguement que c'est peut-être un piège, tant de douceur…

2.

Quelque chose comme une brûlure dans les yeux, une lampe électrique, des hommes qui la cherchent, qu'est-ce qu'elle fait dans ce trou, le corps paralysé, et pourquoi ne peut-elle crier ? Elle essaie, pourtant, elle s'évertue, elle s'y épuise... la lumière, toujours la lumière sous les paupières, qui l'aveugle... elle ouvre les yeux d'un coup, et la chambre est pleine de soleil, le couvre-lit rose par terre.

Elle ignore l'heure qu'il peut être ; sans doute faut-il se lever, s'assurer que les alentours sont sûrs. Rester sur le qui-vive, toujours... mais, maintenant qu'elle s'est laissé aller, elle a perdu tout ressort. Elle a très soif, très faim. Cependant, à l'idée de chercher à manger, à boire, de ne pas trouver peut-être, de faire des efforts et de s'inquiéter, elle est si découragée qu'elle reste allongée. Elle promène un regard las sur les meubles blancs, le bureau encombré de livres de classe, de crayons de couleur, la petite étagère murale sur laquelle sont posés quelques vases en porcelaine et une poupée vêtue de satin... Sur la table de chevet, il y a une photo encadrée, une gamine en uniforme qui sourit, un nœud dans les cheveux. Elle doit avoir son âge. A contempler cette enfant, Imane réalise la profondeur du fossé qui les sépare – et pourtant, c'était elle, il y a si peu de temps... Comment imaginer redevenir comme cela, retourner en classe, rendre des contrôles, courir et sauter avec d'autres enfants ? Même jouer avec Ocalan... c'est une idée bizarre, ce serait faire semblant.

Elle a tout de même trop soif. Sa langue l'encombre, râpeuse, dans sa bouche. L'avantage, c'est que ses seins sont moins brûlants qu'hier – mais elle a mal encore. Quand on arrête d'allaiter d'un coup, ça pique, ça chauffe, c'est affreusement douloureux, ça peut s'infecter, et c'est comme une punition.

Soit. Il faut tout de même trouver à boire.

La maison ne semble pas abandonnée : à part la poussière, rien n'indique que ses propriétaires se sont enfuis. Imane les imagine tranquilles, très loin – sûrement pas morts : la maison est si calme, pleine de photos de famille accrochées aux murs, de coussins brodés, de bibelots, de tapis qui n'ont pas bougé, pas décoloré, rien – elle attend ses propriétaires, sans doute. Puisqu'il fait jour, elle n'hésite pas à la visiter… c'est curieux, des carreaux cassés mais aucune trace d'intrusion… elle finit par conclure que le bris de verre a résulté de balles perdues. Dans le mur du jardin, d'ailleurs, il y a un essaim de trous.

A la cuisine, il n'y a toujours pas l'eau courante, mais des bouteilles d'eau gazeuse : ce sera bien suffisant. Imane trouve aussi une boîte de biscuits, du chocolat, des amandes, des briques de lait. Ces gens étaient prévoyants. Riches aussi, suppose-t-elle. Tant mieux pour elle… un signe du ciel peut-être ?
Ses repas seront sommaires, mais il y a de quoi passer ici un certain temps. Seulement à quoi bon ? Attendre que les tueurs fous la retrouvent ? Que ses réserves s'épuisent ? C'est idiot. De toute façon, elle ne va pas rester passive… elle sait bien quoi faire.

Elle se souvient parfaitement des explications de Chichek : quand une femme les tue, ils vont en enfer. Il y a des femmes soldats, Gulan est sûrement une femme soldat, elle sera une femme soldat. Ce n'est pas « peut-être », ce n'est pas une option : elle le sera. Elle avancera jusqu'à les trouver. Quoiqu'il arrive ! Elle se battra. S'il faut se battre avant de rejoindre d'autres femmes soldats, elle le fera – et après, et toujours. Parce que quoi, sinon ? A supposer que quelque part, pas trop loin, la vie d'avant continue à s'écouler ? Chercher un gentil mari, quand elle crève de dégoût quand un homme l'approche ? Avec ce ventre balafré… ce qu'on en a sorti, ce n'était pas seulement un bébé… Le souvenir d'Olacan lui fait mal, trop mal pour l'accueillir. Retourner à l'école, se remettre à la couture, et ensuite ? Il faudra jouer avec d'autres gamines, ne jamais leur dire qu'elle a un enfant quelque part, espérer que personne ne remarque ses vergetures ? Pourquoi devrait-elle s'imposer cela encore ? Subir la honte, la peur, l'incompréhension ? Dans longtemps, longtemps, faire d'autres enfants peut-être, et se demander sa vie durant ce qu'est devenu son fils premier né, cet Olacan, qui ne saura jamais que c'est son véritable nom, qui mourra sous les bombes ou les balles, encore gamin, s'il ne devient pas un monstre exterminateur… son petit bébé si doux, peau de miel, regard d'ange, et cette bouche incroyable qu'il avait, qui souriait sans qu'on sache à quoi, les lèvres presque transparentes à force de finesse ! De rage, elle renverse un vase, qui rebondit sans dégâts ; elle ouvre au hasard la porte d'un placard et entreprend de vider son contenu à terre, de le piétiner, de le déchiqueter. Sauf qu'au milieu des stylos cassés dont l'encre fuit, des agendas d'une autre année, des guides touristiques de villes inconnues... un plan de ville tout corné l'arrête, salvateur. C'est le plan d'ici ! Elle entreprend alors de trier ce qu'elle s'apprêtait à détruire, fébrile. Soudain, apparaît un chargeur de téléphone. Et l'appareil. Un appareil avec une batterie ! Le cœur battant, elle l'allume. Il n'y a pas de carte dedans. Déçue, elle essaie d'adapter le cordon au téléphone de Murina, toujours dans sa poche – en vain. Puis la carte dudit téléphone à l'appareil qu'elle vient de découvrir... Miracle ! Pas de carte, mais celle de Murina rentre dedans. Et elle semble marcher ! Elle est tellement émue qu'elle n'arrive même pas à taper sur les touches... il y a un message... il date d'il y a un an. C'est son frère qui répond qu'ils sont en sécurité... il y a un an ! Depuis un an, une phrase qui aurait changé sa vie, illuminé son quotidien, qui lui aurait permis de continuer à sourire, était à portée de chargeur ! Elle rappelle, mais personne ne lui répond. Au moins il est toujours attribué... pas de messagerie cependant... elle appellerait bien sa mère, sa grande sœur, mais elle ne se rappelle plus aucun numéro. Cependant, elle a le plan de la ville... elle peut toujours essayer d'en sortir sans aide, une nuit... elle examine le plan – des rues, des rues... mais où est-elle, au milieu de ces rues ? Comment savoir ? Elle trie une seconde fois, nerveusement, les restes du placard vandalisé. Rien. Elle ouvre les tiroirs, explore les étagères à la recherche d'une information. Rien ? La solution lui vient soudain : dans l'entrée, il y a une pile de courrier que personne n'a eu le temps d'ouvrir. Avec l'adresse, évidemment...

Elle sait donc où elle est, maintenant. Elle boit de l'eau gazeuse et du lait, elle mange des biscuits secs, elle attend. Elle n'ose pas sortir, pas même la nuit. Elle a envoyé des messages, « je me suis enfuie », « appelez-moi sur ce numéro », l'adresse aussi. Petit à petit, elle s'est rappelé le numéro de Zaza, celui de Gulan – celui de son père aussi, en pleine nuit, elle s'est réveillée en sursaut avec le numéro dans la tête, l'impression d'être enfin sauvée, riche de ce souvenir, presque des retrouvailles, et puis elle s'est rappelée que ça ne servait à rien, les morts ne répondent pas au téléphone – ceux qui ne répondent pas non plus, les autres, dont on ne sait pas ce qu'ils sont devenus, est-ce qu'ils peuvent encore répondre ?

Peut-être, malgré tout, reçoivent-ils ses messages ? Le numéro de Murina leur semble-t-il douteux ? Est-ce que les monstres essaient de piéger les familles de leurs captives, de leur tendre des pièges ? Ça ne l'étonnerait pas… qu'il n'y ait personne, personne dans la ville qui veuille bien l'aider, que les inconnus qui vivent autour d'elle, tout prêt, n'aient rien d'autre en tête que de profiter d'elle, de l'anéantir, de la traquer, de l'humilier, est pour elle une évidence. Tant pis s'il y a des gens bons. Tous, il faut tous les éliminer ! Si jamais personne n'appelle, si elle n'arrive pas à s'enfuir – bien sûr, il n'y a écrit nulle part sur la carte « camp de jeunes héroïnes Youpez » avec le trajet tracé en rouge sang – si jamais elle doit rester coincée là, avant qu'elle meure de faim, avant qu'ils la prennent, elle trouvera comment mettre le feu au quartier, une nuit tout cela brûlera, un grand feu purificateur et elle au milieu…

Parfois, elle imagine qu'on va venir la chercher au contraire, que des gens de confiance, trompant l'adversaire, vont surgir à la porte. Elle a honte d'avance, parce qu'elle ne se ressemble plus, déformée par la grossesse et par le malheur. Et si elle mettait le feu tout de suite ? Le feu, alors ? Ou attendre, encore attendre, sans savoir trop quoi ?

3.

Elle n'a pas compté les jours, surveillé les réserves. Elle réalise d'un coup que l'eau se fait rare, décide qu'il faut chercher autre chose à boire, ou de l'essence, de l'huile pour une belle flambée, c'est à voir. Du liquide. Elle réalise aussi qu'elle aurait besoin de se laver, que les toilettes sont un bouge, que l'odeur va attirer quelqu'un. Celle des boîtes vides qui s'entassent dans la cuisine est moins tenace, mais les moucherons tournent autour… Peut-être, cependant, qu'il suffirait de changer de maison dans la nuit ? Pour une fois, elle s'approche des fenêtres, pas trop, juste suffisamment pour vérifier qu'il ne passe personne – mais si, quelqu'un… une silhouette masculine, puis plus rien. Elle recule. Ce n'est sans doute pas si dangereux. Par la fenêtre, il faudrait repérer où aller. Elle a le plan, aussi. Elle va le chercher.

A côté du plan, le téléphone attend sagement, comme d'habitude. Mais aujourd'hui, un message est affiché : appel manqué.

Son cœur bat la chamade… elle ne connait pas le numéro, mais quelle importance ? S'il y a juste une chance que ce soit l'un des siens ? Elle rappelle, et Afran répond. Il est dans la montagne, elle est où ? Si loin ? Elle est seule ? Seule, oui… Imane essaie de tout expliquer à la fois, puis soudain s'inquiète, et les autres ? Ils vont bien ?

« Moi, je vais très bien, dit Afran, j'ai du travail, je voyage. Maman, ça va… elle pense à vous tout le temps… elle a eu très peur pour Ocalan, aussi.
- Ocalan ? Qu'est-ce qu'il a ?
- Plus rien, maintenant. Il se remet… mais il a passé tellement de temps dehors, sans boire, sans manger… il a beaucoup souffert…
- Il avait mal ?
- Il ne se plaignait même plus. Maman ne dormait plus, elle l'a soigné tellement bien… elle était folle, elle ne dormait plus… il est hors de danger maintenant. »

Imane frémit, elle pense à Olacan pleurant de faim loin d'elle, dans une maison ennemie – pas si loin d'elle, d'ailleurs… mais si ennemie… Olacan qui n'a plus de mère pour le consoler, qui ne peut pas comprendre pourquoi elle l'a abandonné…Impossible de parler de ça.

- Et Noor ?
- Noor, elle » - silence. La connexion est interrompue.

Plus question de partir alors : il a l'adresse. Mais le temps qu'il vienne la chercher ? Si on la trouvait juste avant, juste avant ? Elle trouve une bouteille de javel, la vide dans les toilettes pour les nettoyer. Dans la salle de bains, il y a aussi du démaquillant, et elle s'en sert pour effacer quelques traces de crasse sur sa figure. Ses habits, elle s'en dévêt – elle enfile ceux qu'elle trouve dans l'armoire, de toute façon elle ne sortira sans doute jamais d'ici sans toutes les épaisseurs noires qui la rendent anonyme... et puis est-ce qu'elle a besoin de ce blouson usé qui lui rappelle qu'elle était quelqu'un d'autre ? Changée, nettoyée, les habits sales entassés dans un sac poubelle, le téléphone dans sa main serrée, elle attend. En vain.

Au bout de quelques heures, elle décide de s'armer. Une écharpe sera un parfait baudrier. La cuisine regorge de lames variées, et elle choisit un petit couteau effilé et un grand hachoir qui a l'avantage d'être rangé dans un fourreau en silicone : elle ne se coupera pas.

Durant les heures qui suivent, elle regorge de fierté. Elle est soldate ! En tenue, armée. Elle s'est attaché les cheveux, elle a enfilé un pantalon et des tennis, elle est soldate ! Sa noire tenue de camouflage a enfin une raison d'être !

Profitant de la nuit qui tombe, elle contemple son reflet dans les vitres. Ciel de feu derrière elle, silhouette volontaire... soudain, elle éclate de rire. Elle est ridicule ! Une gosse de quatorze ans avec des couteaux de cuisine, la belle affaire ! Mais elle ne rit pas longtemps. Le soleil disparaît totalement sans que personne ne l'ait appelée, ni ne soit venu la chercher, rien. Elle est seule. Elle est perdue. Elle n'a qu'un hachoir pour se défendre du monde entier... au moins sa mère, Ocalan et Afran sont sains et saufs. A cette idée, elle ressent un certain soulagement – comme si elle pouvait bien mourir maintenant, sans s'inquiéter.

Deux jours plus tard, alors qu'elle a commencé à se faire à l'idée qu'elle n'aura plus de nouvelles, un inconnu l'appelle :

« C'est toi Imane ?

- C'est moi. C'est qui ?

- Je ne donne jamais mon nom. Ton frère m'a demandé de venir te chercher, mais je n'irai pas jusque chez toi...

- Ce n'est pas chez moi !

- C'est sans importance. Ecoute, note ce que je te dis, je te donne un rendez-vous. Il faut que la jeep puisse passer inaperçue, et qu'on puisse démarrer vite fait, chez toi c'est plein de ruelles qui tournent !

- Comment je vais trouver ?

- Tu as bien réussi à t'enfuir... tu attends le soir, tu sors, tu avances, un passeur t'attendra. Tu as une tenue qui te permet de sortir ? »

Elle acquiesce, note les consignes, les répète vingt fois, révise la carte. Quelque part, pas loin, dans des collines qu'elle n'a jamais vues, que l'automne maintenant tache de rouille et de sang, des filles de son âge marchent en rang, arme à l'épaule, fièrement. Elle imagine leur treillis, la poussière sur leur visage, le drapeau au-dessus du camp... est-ce qu'elles ont gardé leurs cheveux ? Est-ce qu'il faut passer un test ? S'ils ne veulent pas d'elle, si plus personne ne veut d'elle, elle insistera, elle proposera de faire des attentats, de remettre sa robe noire avec des bombes dessous... Elle sort au crépuscule, son hachoir à la ceinture, le petit couteau à la main. Elle a emporté le plan, mais elle ne peut pas le sortir – d'ailleurs il fait trop sombre. Au moins, tout de noir couverte, elle n'attire pas l'œil... Elle a du mal à se repérer. Sous le drap noir, elle est cachée, mais certainement pas à l'abri de tout - elle n'y voit pas très bien, son champ de vision très étroit l'empêche de vérifier que personne n'approche... sous le drap noir, cependant, elle n'a pas peur, on n'a pas peur quand on est soldat.

Bonbonne

Premier mouvement

1.

Houla, houla. J'ai peur. Drôlement. Je sais pas ce qu'il veut, çui-là. Là. À me suivre depuis un quart d'heure. Hop hop. En catimini. L'air de rien.

Bonjour Mademoiselle, ça fait un quart d'heure que je vous suis...

J'ai vu, j'ai vu. Je vous félicite pas. Vous voulez quoi ?

Vraiment, Mademoiselle, vous aviez l'air sympathique comme ça... alors je me suis dit... le soir est noir le temps est froid... on pourrait aller boire un verre tous les deux... voilà.

Vous avez passé un quart d'heure à me suivre pour me dire ça ?

Oh non, oh non... voilà... Je vous observais... vous avez une façon de marcher... Je disais ça... pour faire connaissance, voyez... oh non ! ne faites pas cette moue-là. Ce n'est pas ce que vous croyez... Mademoiselle ! Ne partez pas. Je cherche quelqu'un pour un film. Oh, pas un grand film, pas une vedette ! Un court-métrage, voyez. Mais bien diffusé... Je cherche quelqu'un... qui marche... Une jeune fille... châtain, mince, comme vous... mais avec cette démarche particulière que vous avez... vous savez, vous avez une de ces démarches... on ne vous l'a jamais dit ?

Euh.. ; non non... si, bien sûr... dans la rue les gens se retournent en me criant que je marche drôlement bien... non, ce ne sont pas des choses qu'on dit...

Vous marchez comme ça... naturellement ? Il y a quelque chose en vous... comme plus que naturel, voyez...

Vous voulez dire, on voit que je me suis cassé le pied ?

Vous avez le pied cassé ?

Mais non, je boite un peu depuis que je me suis cassé le pied.

Ah, vous boitez ? C'est ça ? C'est ravissant ! Alors, pour ce verre, vous venez ? Vous savez, juste un verre au café pour vous raconter en détail… J'espère vous intéresser…

Avec votre projet ?

Oui, un film vraiment nouveau… assez osé… pas votre personnage bien sûr… qui doit surtout marcher…

Vous voulez m'engager dans un film où je ne fais que marcher ?

Pas que marcher — venez donc, je vais vous raconter…

Deux cafés ?

Deux cafés.

C'est un personnage qu'on voit marcher mais aussi parler. Si vous jouez bien vous ferez les deux, sinon on se débrouillera avec une autre actrice pour les dialogues… vous voulez faire du cinéma ?

Non… enfin peut-être… C'est que… Marcher…

Vous savez, c'est bien payé !

Un petit film ?

Vous n'aurez pas grand-chose à faire, alors pour ce pas grand-chose c'est bien payé.

Combien ?

Disons cinq mille... Mais il faudra y réfléchir, c'est selon le temps passé...

Vous êtes sérieux ?

Vous me voyez offrir à une fille un rôle de marcheuse pour draguer ? Alors que je peux lui raconter des bobards sur un premier rôle dans un feuilleton télé ?

Ça ne m'aurait pas branchée trop...

Vous êtes vraiment originale !

Enfin bon, d'accord, si je vous crois... qu'est-ce que je dois faire ? Vous n'allez pas me demander mon adresse j'espère ?

Euh... ça serait utile... votre téléphone aussi... mais tenez, puisque ça a l'air de vous gêner, je vous donne le numéro du studio et mon nom, vous pourrez vérifier, et puis vous n'avez qu'à appeler et à leur donner vos coordonnées... Vous le ferez ? Dites ?

Oui... je crois... oui...

Attendez une seconde, je vais leur laisser un message, qu'ils sachent quand ils ouvriront... Sinon c'est pas sûr qu'ils vous croient... C'est extraordinaire quand même... comme rencontre...

Oui...

Tiens, où il est passé ? Il ne revient pas ? C'est pas vrai ! Je me suis fait avoir ? Non ? Mais à quoi ça rime ? Pourquoi il m'aurait raconté des histoires ?

J'attends encore.

C'est pas vrai, c'est pas vrai! Ça alors. Il n'a pas payé son café, mais il l'a bu. Je paie les deux cafés?

C'est quoi ce téléphone? L'horloge parlante? Le studio quoi? Tiens, mais ça existe comme studio... si c'est le bon numéro... si c'est vrai... ça me dit quelque chose cette boîte... j'ai qu'à vérifier dans l'annuaire... pour ce que ça va me coûter... on sait jamais...

Vite sortir, rentrer vite. C'est idiot, il ne serait pas parti sans payer. Si j'appelle, si c'est vrai... je vais avoir l'air de quoi? Il a quand même pas oublié. Enfin.

C'est le bon numéro, bizarre.

Allô? Vous avez un employé appelé M. Suçon? Oui... c'est la jeune fille du café...

Étonnant quand même qu'il existe, que ce soit vrai!

Quelle jeune fille? Pour le film! Sinon tant pis! Trois? Aujourd'hui? Je suis désolée.

Je me suis fait avoir... C'est clair... Trois personnes du café l'ont déjà appelé aujourd'hui... Et il ne sait pas, bien sûr, quel film, quel café... Bien sûr... Je me suis fait taper... Bêtement... Ça m'apprendra, tiens, à les écouter...

2.

Il est rentré chez lui. Sa vieille mère l'attendait. Tu as bien travaillé aujourd'hui ? Oh oui, oh oui… bien bien… au studio on a fait passer des auditions… une fille qui boitait… drôle d'idée de faire du cinéma quand tu boîtes… une très grosse aussi… et une autre avec un œil vert et l'autre orange.

Vous n'avez trouvé personne alors ?

Non, toujours pas, toujours pas.

Quand même, avec tant de belles filles dans les rues… c'est incroyable que vous n'en trouviez aucune…

De toutes façons, moi, on me paye pareil, hein, je vais pas m'inquiéter, vu l'état du studio après les castings on me paye des heures sup de balayage !

Oh, ben y'a pas à s'inquiéter alors !

3.

Elle se regarde dans la glace. Elle a un bouton sur le nez. Du côté de son œil vert.

Elle y met de l'eau oxygénée, et sa sœur passe la tête par l'entrebâillement de la porte de la salle de bain.

T'as pas quatre francs pour le pain ?

Regarde dans mon porte-monnaie.

L'est où ?

Dans mon sac tiens !

J'ai cherché j'l'ai pas vu.

Marie-Ange ! T'as fouillé dans mon sac ? C'est pas la délicatesse qui t'étouffe !

Ben… J'voulais pas te déranger…

4.

Elle se dit, vraiment, croire que c'était sublime de me voir boiter, quelle gourde !

Elle sort son porte-monnaie pour trouver quatre francs pour le pain.

Ah là là ! J'ai plus un rond avec cette histoire… heureusement qu'il n'a pris qu'un café encore !

Elle cherche son portefeuille pour en tirer un billet à casser…

Elle ne trouve pas son portefeuille.

Deuxième mouvement

1.

Alors ? Tu l'as eue ?

Ouais fastoche !

Et pour l'essence, on fait comment ?

C'est Marie-Ange qui s'en occupe.

Elle va la piquer à sa mère ?

T'es con, ouesqu'elle aurait de l'essence sa mère, Nan elle va la chourrer chez Antar.

Elle est gonflée, et si elle se fait choper ?

Et tu voulais qu'elle fasse comment ?

Elle pouvait pas l'acheter ?

Eh, c'est vachement cher ! Sa mère lui donne dix balles par semaine !

Elle pouvait pas lui piquer du flouze ?

Eh, t'es gonflé ! Et si elle se fait choper ?

Une voix vient, d'en haut, se mêler au ronronnement exalté des pigeons jouant à chat sur le trottoir.

Baudoin, viens ranger ta chambre tout de suite !

Oui M'man ! Alors ce soir au terrain vague c'est OK ?

C'est OK, bébé à sa môman.

Oh vas-y.

2.

Oh les mecs, la flippe que j'ai eue!

Kesta, t'as vu la Sainte Vierge?

Le pape à poil sur un Scooter?

Si vous vous foutez de moi je dis rien.

Bon, y'a quoi?

Y'a mon père y veut ranger la cave demain, et moi la bouteille j'l'ai mise dans la cave, s'il l'a trouve dans la cave mon père y m'tue!

Ben crise pas, d'ici demain on la vire ailleurs!

Mais où?

Où?

Les cinq gosses se regardent désemparés. Puis regardent ailleurs, désemparés.

On pourrait la mettre chez d'autres gens?

T'es dinguo?

Euh…

On pourrait l'enterrer?

Une bouteille d'un mètre de haut qui pèse une tonne? Et pour la récupérer on loue une pelleteuse?

On… Si on la cachait sous les saloperies entassées là-bas ?

Ouah… pas con, Marie-Ange !

Ouais… faut déjà aller la chercher…

On attend la nuit ?

Et si on croise mon père qui promène le chien on lui dit quoi ?

Qu'on promène la bouteille tiens !

T'es trop con.

Stresse pas, t'as pas des vieux jouets dans ta cave ?

Ben si, c'est plein de merdes, c'est pour ça que mon père veut ranger tiens !

Ben tu mets un carton autour de la bouteille avec deux ou trois vieux jouets qui dépassent, et tu dis à ton père que tu commence à nettoyer ! Ça m'étonnerait qu'il ait compté tes jouets !

Tu es géniale, Marie-Ange.

C'est vrai, c'est vrai.

Une bouteille de gaz dans un carton, on pourra jamais la déplacer.

Et si on pose un skate dessous ?

Comment t'as fait, Christian, pour la mettre à la cave ?

Ben… c'est un pote qui m'a aidé…

T'es malade ? t'as raconté ça à quelqu'un ?

Nan, nan... il sait pas pourquoi j'l'ai... j'lui ai dit que c'était top secret... Christian si on nous chope je te bute.

Et quand on trouvera la bouteille il va nous donner !

Nan, nan, t'inquiète... en échange j'l'ai aidé à enterrer son flingue... dans sa cave à lui...

3.

Pfff… ça pèse drôlement… je suis trempé comme si on m'avait mis au lave-linge…

Tu parles… t'as flippé comme un malade c'est tout… t'as toujours les jetons…

…

Houla, on dirait qu'une vache t'a pissé dessus…

C'est dégueulasse!

Eh oui, je suis un gros porc Marie-Ange… tu ne pisses jamais, Marie-Ange?

Je veux dire, c'est dégueulasse de se foutre de lui.

Oui, sainte Marie-Ange.

…

Tu as vu ce que c'est, les ordures?

C'est dingue! Y'a au moins cent-cinquante portefeuilles!

C'est pas que des portefeuilles, y'a des porte-monnaie aussi…

Eh dis donc, je savais pas que ça poussait dans les tas d'ordures! C'est un genre de champignon alors?

T'es trop con!

Oh, les gars, c'est pas le porte-monnaie à ma soeur ça?

Déconnes ?

On fait quoi ?

On se cache discret et puis on attend.

Et la bouteille on en fait quoi ?

On n'a qu'à la planquer sous un autre tas.

Où est le tas de soutifs ? On n'a pas piqué celui à ta sœur ?

Très drôle.

Toujours rien ?

Nan. Ta mère t'as pas vu ?

Ben nan.

C'est quelle heure ?

Trois.

Tu restes jusqu'à quelle ?

Six.

Salut.

Toujours rien ?

Nan.

Il vient à quelle heure, Marc-Antoine ?

Huit, nan ?

P'tain ! J'espère que ma mère ne va pas venir me réveiller avant…

Elle est cinglée ta mère ? C'est dimanche quand même !

Ouais, mais on va à la messe chez ma tante.

Eh, regarde !

C'est quoi ce glandu ?

Chais pas.

C'est le voleur tu crois ?

Chais pas !

R'garde, l'en fout trois autres dans l'tas !

J'y crois pas… Ce glandu !

On y va, dit ?

T'es fou ? Il est peut-être armé ?

Ce glandu ?

…

Eh mec ! Bouge pas ! J'ai une proposition à te faire !

…

Le con, il s'est barré.

Ouais, ben ça vaut mieux! T'es taré! Tu voulais lui proposer quoi?

Ben partager, tiens.

Alors là, t'es vraiment taré.

Troisième mouvement

1.

Le lundi, ils vont à l'école. Il y a un trou dans la palissade entre le terrain vague et l'école. Marie-Ange a le bidon d'essence dans son gros sac de sport, Christian son skateboard, et Marc-Antoine une grosse boîte d'allumettes dans la poche de son jean. Baudoin fait le guet. Fabien, qui a peur, est dans le terrain vague. Il attend Christian. Et Marie-Ange et Marc-Antoine les attendent.

Ça va, Fabienou ? Pas encore dans les vapes ?

Déconnes pas, c'est dangereux…

Tu vas pas te dégonfler maintenant, quand même ? T'es tout vert !

Non, non.

Alors, on la sort ?

Ils tirent la bouteille de dessous les vieux papiers, les chiffons, les cannettes.

2.

Dans les toilettes en réparation du collège, Marie-Ange réfléchit.

T'es sûr que ça va péter ?

Oui, oui, ils ont fait comme ça à la télé.

Peut-être que les journalistes ont pas tout raconté ?

Ben pourquoi ? T'arroses la bonbonne, tu mets le feu, tu pars en courant et c'est OK ! Y'a la moitié de leur lycée qu'a pété !

Enfin… de toute façon… si j'arrose les murs, y'aura au moins un incendie…

On la fout dans quelle chiotte ?

T'as déjà fait l'amour Marie-Ange ?

Ouais vu ma taille j'aurais explosé !

Moi je l'ai déjà fait.

Je vais te croire.

Marie-Ange, viens voir…

Tu veux me tripoter c'est ça ?

Ça m'excite c'est tout.

C'est même pas moi qui t'excite ? Sympa !

J'ai pas dit ça!

De toute façon, j'en ai rien à faire.

Allez, laisse moi faire, je vais te montrer…

Tu crois qu'on m'a jamais fait ça peut-être? C'est pas parce que t'as douze ans que t'en sais forcément plus! Et puis retire ta main ça va sentir bizarre.

OK, OK.

…

On le fera après dit?

Je te dirai après.

Marie-Ange? Tu sais y'a des filles aussi petites que toi elles ont déjà fait l'amour!

Je parlais pas de ça imbécile!

Oh là là! T'es toute rouge!

Baudoin rentre

C'est bizarre qu'ils soient pas là non? C'est pas si long de remettre les planches de la clôture?

Chais pas.

Ça fait longtemps qu'on attend?

Ben ouais… dans dix minutes y'a les cours de l'après-midi qui commencent…

Oh non!

Attends, ils arrivent!

Ben les mecs? et la bouteille? Qu'est-ce qu'y a?
Y'a le pickpocket qu'est dans le terrain vague depuis j'sais pas combien de temps. Il a pas l'air net. Il a un gros sac de sport. Y bouge pas. Y pense.

Y vous a vus?

Nan, on s'est planqué derrière la palissade tout de suite, y regardait par terre, il a pas l'air normal.
Ouais, pas normal.

Mais on n'a plus le temps, là!

Bon… je vais planquer mon bidon ici y'a pas sport demain… au-dessus de la chasse des toilettes du fond, passe-moi ton mouchoir…

Si tu laisses mon mouchoir on va nous repérer…

Si on repère le bidon on est déjà mal… mais c'est pas pour faire un drapeau pour ameuter les ploucs… c'est pour essuyer les traces de doigts si tu veux savoir… T'as vraiment rien vu…

Euh… Marie-Ange… nous… on fait quoi… t'es sûre qu'on oublie rien?

Ben réfléchis, j'suis pas dans ta tête!

Ça tombe bien, dans ma tête on s'y retrouve pas trop là…

T'es vraiment une lavette Fabien.

C'est vous, vous vous rendez pas compte!

Ça sonne dans trois minutes!

Sortez pas! on attend que les autres soient rentrés! Sinon on va nous voir sortir.

Je sens que la prof va gueuler…

3.

La cloche a sonné, Baudoin regarde par la bouche d'aération, le préau est en train de se vider. Ils attendent un peu, le préau est vide, ils sortent.

Encore en retard les gosses ? C'est toujours les mêmes ! Courrez !

Oui M'sieur ! Merci, M'sieur ! Excusez-nous, M'sieur !

Ils courent.

Ils arrivent en classe. Ils entrent. Personne ne leur dit rien, parce que tout le monde regarde par la fenêtre. Le terrain vague brûle. Et tout à coup, explose.

Eh merde !

Ta gueule. On écrase et on va regarder.

Ah, vous êtes là ? Je ne vous ai pas vu arriver.

Qu'est-ce qui se passe Madame ?

Tu ne vois pas ? C'est un incendie.

Oui, mais ce bruit ?

Je ne sais pas.

Pourquoi tu lui as dit ça ?

Tu crois que c'est la bouteille ?

Eh merde !

C'est ce glandu qu'a mis le feu ! Le crétin !
Mais fermez-la !

Oh, je murmure à peine…

Ouais…

Tu vois, hein, Marie-Ange, que ça explose dans les incendies les bonbonnes…

C'est pas sûr que ce soit ça…

Attention ! Parlez d'autre chose, merde !

Bon, vous avez fait vos exos de maths ?

4.

C'est le soir maintenant. Fabien n'est pas là. Il est malade.

Dis, Marie-Ange, ils vont pas croire que c'est nous ?

Pourquoi ?

Ben… la bouteille… elle est à nous !

C'est pas écrit dessus !

D'ailleurs, elle est pas à nous, elle est à toi.

Mais c'est pas juste !

Mais non, je déconne… Tu l'as achetée où ?

J'l'ai volée.

Ah bon ! ben ça va alors… Y'a aucun risque !

Ouais… Elle était dans le garage d'une vieille… qu'était mal fermée…

Comment t'as su ?

C'est pas moi, c'est mon copain, tu sais…

Ah ouais. T'as de drôles de fréquentations quand même.

Marie-Ange chérie ! venez prendre votre bain ! Votre sœur a fini !

Oui Maman ! Je viens ! Faites couler l'eau ! Elle est trop tarte, ma mère.

Hum… on peut te regarder dans ton bain en montant sur le toit ?

Je te conseille pas.

Laisse tomber, son vasistas est en verre dépoli.

T'es trop forte, Marie-Ange.

Je sais, je sais…

Marie-Ange !

J'arrive, Maman chérie !

Qu'est-ce que t'as avec Marie-Ange ?

Ben.. j'la drague.

Alors là, pourquoi toi ?

J'suis l'premier. Fallait y penser, p'tite tête !

Ouais… de toute façon t'y arriveras pas…

On parie ?

Je m'en fous. Dis, tu crois qu'on risque de nous soupçonner ?

Pourquoi ?

Le surveillant nous a vus arriver en retard tiens.

Ouais… faudra trouver un alibi… dire que — chais pas — qu'on était malades — tous — chais pas — qu'on a mangé une pizza périmée, quoi…

Faudra voir avec les autres ! Et le dire à Fabien ! Faut pas qu'on nous coince à dire des trucs différents !

T'as raison.

…

Tu crois vraiment qu'on peut nous soupçonner ? Alors qu'on est des bons élèves polis et tout ?

Je sais pas.

5.

Après le repas, Marc-Antoine appelle Marie-Ange. Elle propose qu'ils racontent ce qu'ils avaient fait la dernière fois qu'ils ont été en retard, juste en changeant le jour. Oui, mais ils n'ont rien fait! Ah, ils ont cherché le bouton que Marie-Ange avait perdu. Quel bouton? Ils vont voir que tu as tes boutons. J'en arracherai un. Je dirai qu'on l'a retrouvé, et Maman le recoudra. Appelle les autres, faut que j'aille travailler.

Pour joindre Fabien c'est difficile, parce qu'il a la fièvre, et il dort. Et s'il délire dans sa fièvre? Pourvu qu'il ne dise rien! On a été cons de faire ça avec lui.

Le lendemain, Fabien retourne en cours. Baudoin l'attend en bas de chez lui. Il lui donne le mot.

6.

T'as entendu les infos Marie-Ange ?

Oui Marc-Antoine… Arrête de me tripoter la cuisse s'il te plaît…

T'es qu'une sale petite fille coincée en fait.

Pas du tout.

Si.

D'abord dans ce cas t'aurais déjà arrêté.

Ah bon ? Je peux continuer alors ?

…

Dans le journal, ils ont dit que c'était une bonbonne. Et tout a été arrosé d'essence.

Ben… t'avais raison pour la méthode…

Mon père, il dit que ça doit être les grands du LEP.

Ça nous laisse le temps de voir venir non ?

Ouais. J'espère que rien va venir du tout.

Certes.

Qu'est-ce qu'on fait pour l'essence ?

Ben… Je sais pas trop où la mettre…

Marie-Ange ? Si tu sais pas, qu'est-ce qu'on va faire ?

Sais pas.

On va pas la laisser quand même ?

Je l'ai bien essuyée. Et puis…

Quoi ?

Faudrait pas qu'on nous chope maintenant. Tout le monde est stressé en plus. Ils cherchent tous.

Alors ? On attend ?

Ouais… On risque pas grand-chose…

Ça te gave pas toi de rien faire ?

On n'a qu'à sortir ensemble, ça passera le temps…

Pourquoi tu disais que tu voulais pas ?

Comme ça.

T'es sûre que tu veux ?

Et toi, tu veux ou pas ?

Ouais, mais les autres y vont tirer la tronche non ?

Et si on leur dit rien ?

Euh… C'est pas facile…

Bon alors tu te débrouilles, si tu leur dis, on sort plus ensemble.

…

Embrasse-moi alors.

…

Dis, laisse-moi voir !

Non. Sûrement pas.

Allez !

Arrête, sinon je m'en vais.

Mais je veux juste regarder !

Et moi je veux pas que tu regardes !

Et mettre ma main dans ta culotte sans regarder, je peux ?

Non !

Allez, qu'est-ce que t'as, t'as peur ?

Non !

Ben alors, qu'est-ce que t'as ?

J'ai que… j'ai que j'ai pas de poils sur… Sur le tutu !

Pas du tout ?

Non, pas du tout. Tu veux toujours regarder ?

Ben oui… je veux bien…

Quand même, moi, j'aime mieux pas.

T'es quand même une drôle de copine.

Si ça te plaît pas t'as qu'à casser.

S'cuse-moi, alors.

7.

Alors, Marc-Antoine, ça avance avec ton amoureuse?

Laisse-moi tranquille…

Je savais que t'avais aucune chance.

Qu'est-ce que t'en sais?

Ben, ça a marché? Peut-être?

Ça te regarde pas.

Oh là là! Il est vexé! Il s'est fait rembarrer!

Écoute, Baudoin, tu me promets de ne rien répéter?

Rien répéter pourquoi?

Promets, sinon t'auras rien à cacher.

D'accord. Promis.

Je sors avec Marie-Ange.

Je te crois pas.

Ah ouais?

T'as touché ses seins?

Elle en a pas.

J'y crois pas! Tu sors vraiment avec elle alors! Oh là là! T'es un sacré salaud! Nous avoir fait ça!

Fait quoi?

Ben, chais pas, c'est plus pareil si vous êtes ensemble…

Bien sûr que si c'est pareil… Je sais même pas si je vais rester avec alors…

C'est pas un bon coup Marie-Ange?

Je sais pas si elle voudra.

Alors là si t'arrives pas à la sauter alors là!

Alors là quoi? T'as déjà couché avec une gonze toi?

Euh… enfin… ouais, mais faut pas en parler pasque c'était une grande de quatorze ans.

Tu te fous de ma gueule.

Bon, d'accord, j'ai jamais couché, d'accord… mais si tu casses avec elle pasqu'elle veut pas, eh ben moi j'essaierai, tu verras!

Oh, du calme, c'est ma copine!

Quatrième mouvement

1.

Ils vont me trouver. C'est sûr, ils vont me trouver.
C'est ces mômes. Ils m'ont piégé. Ils vont me dénoncer. Clair : me dénoncer.
C'est ces mômes ; faut que je les retrouve. Faut les empêcher de parler.
Qu'est-ce qu'ils faisaient là, en pleine nuit ? C'est sûrement des gosses dangereux.
Ils vont me trouver. Ils vont me faire prendre. Ils vont me trouver.
C'est eux ou c'est moi, quoi. C'est eux ou c'est moi.
Ils vont me trouver.

2.

Ce qu'il faudrait, c'est dénoncer le type !

Et pourquoi on aurait été là ?

Ben… la première fois, on faisait rien de mal…

Ah ouais ? Et tu vas aller dire aux parents pourquoi t'était dehors à trois heures du mat ? Et tu le trouveras où, le type ?

Mais si on fait rien on va nous accuser encore plus !

On nous accuse de rien, Fabien.

Mais quand même, c'est pas si grave de l'avoir guetté ! C'est pas comme la bouteille !

C'est vrai, Marie-Ange, c'est vraiment pas risqué !

Le plus sûr, c'est de rien dire. On n'a rien vu, rien entendu, on n'y était pas, c'est tout. On a aucun rapport avec cette histoire.

Mais le mec, lui, il nous a vus !

Il t'a vu.

Et Christian, aussi.

Mais non, il a rien vu. Il s'est barré plus vite que la lumière.

Il nous a vus ! Nous deux ! Il nous a vus, j'te dis ! Et Marie-Ange elle s'en fout, elle, il l'a pas vue !

Eh oui. Tant pis pour vous. Il va vous niquer. En plus, discret comme il est, il va faire ça en public avec la fin de son bidon d'essence au milieu de la récré de onze heures et après, on est sûrs de plus être inquiétées…

Vu qu'en plus il avouera tout de suite pourquoi il a fait ça…

Mais c'est dégoûtant c'est infâme vous vous en foutez de nous alors fumiers

On se fout de vous, plus exactement.

Bon… on fait quoi alors ? On le cherche ? On s'allie avec lui ou quoi ?

Pauvre crétin, on ne fait rien. C'est facile à comprendre pourtant. On se comporte normalement, on ne sait rien, on ne fait rien de spécial. Rien. Même pas une fausse enquête. Rien. On reste en dehors de tout ça, c'est des histoires de grands, et si on nous interroge on dit comme papa, que ça doit être à cause du chômage et des élèves du LEP.

J'y capte rien à cette explication.

C'est d'autant mieux pour jouer au débile.

Mais moi, je veux faire quelque chose…

Concentre-toi sur ton nombril et ferme-la.

3.

Après, c'est le silence.

Et puis, un soir, à force d'avoir mal au ventre — et il se concentre sur son nombril — Fabien dit à sa maman que, pour l'incendie, il sait.

Qu'est-ce que tu vas encore inventer mon chéri… toujours à imaginer des choses… à échafauder des contes… ce ne sont pas des questions de ton âge.

À mon âge, y'en a qui ont déjà fait brûler des choses!

Il y en a, mon chéri.

Même des terrains vagues!

Tu crois que c'est l'un de tes camarades? Tu sais, il vaut mieux ne pas porter d'accusation à la légère! C'est très grave de charger un innocent d'un crime!

Et si c'était moi?

Quoi? Qu'est-ce que tu racontes?

C'est pas moi Maman c'est pas moi je te jure!

Explique-toi, s'il te plaît. À t'entendre, c'est pourtant ce qu'on conclut.

C'est pas moi seulement je l'ai vu le type à la récré je l'ai vu mais faut pas que j'le dise à la récré j'devais pas y être le dire j'étais là je l'ai vu alors

Mais enfin pourquoi tu ne dois pas le dire?

J'ai promis.

À qui ?

J'ai promis.

Écoute, la terre ne va pas s'écrouler si tu dénonces un camarade ! De toute façon ça n'est pas un vrai camarade. J'en suis sûre. Il faut que tu saches une chose, mon chéri : on ne peut pas faire confiance à des délinquants. Jamais, jamais. Il ne faut pas entrer dans le jeu des bandes, il faut avertir la police pour les éliminer. C'est la seule façon d'éviter les représailles.

J'ai promis ! Sinon j'aurai plus jamais d'amis !

Je ne crois pas que tes amis raisonnent comme cela, mon chéri. Demain j'appellerai le commissariat.

S'il te plaît, j'ai promis…

4.

Dis, Baudoin, je sais pas quoi faire j'ai fait une super connerie.

Ça m'étonne moyen t'es le champion toute catégorie des conneries.

Ben en attendant vous autant que moi sur le coup de l'explosion !

Mais c'est pas nous c'est le con qui a tout fait rater sinon ça aurait eu l'air d'un vrai attentat pas de cette farce à la con genre farce de collégiens quoi !

Tu crois qu'on croit que c'est nous alors ? Comme ma mère ?

Quoi ? Qu'est-ce qu'elle croit ta mère ?

Que c'est un type du collège.

Pourquoi elle pense ça ta mère ?

C'est ma faute…

Tu lui as dit ?

J'ai juste dit que je savais des trucs mais j'ai donné personne hein !

Marie-Ange elle va te tuer.

Je sais. C'est normal aussi mais je sais pas quoi faire. Sûrement elle aura une idée. Je sais pas comment elle fait pour trouver tellement de trucs. Elle est trop forte pour nous en fait. Elle va me traiter comme un chien… remarque elle le faisait déjà… elle nous méprise tous non ? On n'est pas assez bien pour elle c'est pas le même niveau quoi.

Ça l'empêche pas de se faire Marc-Antoine en tout cas. Tu trouves qu'il est plus de son niveau que nous toi ?

Quoi ? Mais c'est une salope alors !

Ouais, une sacrée salope…

5.

Fabien t'es un minable t'es vraiment le roi des minables !

Et toi t'es bien la reine des salopes !

C'est pas en m'insultant que tu vas devenir moins con !

Toi non plus on peut pas avoir confiance !

Au contraire c'est bien ta seule chance !

Ah oui ? C'est surtout celle de Marc-Antoine !

Répète ?

Tu sors avec Marc-Antoine et on n'est même pas au courant tu fais ta sainte Nitouche ta super Jeanne d'Arc t'es rien qu'une salope soi-disant que tu dis que le juste et le vrai et tout que tu diriges tout

Essaie donc de diriger toi… et de consoler Marc-Antoine parce qu'on n'est plus ensemble.

Mais… je ne lui ai rien dit Marie-Ange.

Je m'en fiche de ce que tu as dit et à qui mais en tout cas je m'en vais. Vous n'avez qu'à trouver tout seuls comment vous en sortir puisque vous ne me faites pas confiance. Allez raconter que vous avez décidé de faire sauter le collège et que vous n'avez même pas réussi, je m'en fous. De toute façon je trouverai un moyen de m'en tirer sans vous. Ou je n'en trouverai pas. Mais je peux pas vous sauver sans votre accord. Salut.

6.

On fait quoi ? On avoue ? On est trop jeunes pour aller en prison non ?

Et les parents ? Ils nous pardonneront jamais !

Si on disait que c'est à cause de Marie-Ange, qu'elle est trop forte… qu'on est tous amoureux d'elle, ou quoi ?

Et pour me remettre avec après facile ! Vous êtes vraiment nuls ! C'était un secret putain ! Tu le savais Baudoin que c'était un secret !

Retourne voir ta chérie si tu veux.

7.

Ecoute-moi Marie-Ange. C'est pas grave s'ils te dénoncent moi je te défendrai. T'en va pas s'il te plaît. Ecoute tu peux sûrement trouver la solution je leur dirai pas que c'est toi dis quelque chose faut pas qu'ils avouent jamais nos parents vont supporter ça sera la guerre et puis c'est trop minable de rater un attentat en laissant des preuves que personne n'a trouvées au lieu de réussir un super coup anarchiste avec zéro preuves et puis d'être quand même démasqués quoi encore si on avait réussi.

Si on avait réussi parfaitement ils nous auraient donnés quand même ils sont pas de taille.

Mais nous on est de taille contre eux avec toi je suis de taille.

Alors je te donne une solution : que Fabien raconte qu'il était en retard et qu'il a vu Baudoin arriver en courant et qu'il a cru que c'était lui mais qu'en fait si Baudoin lui a fait promettre de se taire c'est parce qu'il nous espionnait tous les deux comme on était ensemble.

Il va passer pour un con.

C'est un con.

On était ensemble… on l'est vraiment plus alors ?

On était ensemble. Plus ou moins.

8.

Huit jours après l'incendie presque oublié d'un terrain vague oublié aussi, alors que la mère de Fabien se tient très digne face à la machine à écrire du préposé aux dépositions, on amène au commissariat un homme qui hurle : «C'est ma faute! C'est ma faute! Le feu c'est ma faute!».

On entreprend de le garder à vue jusqu'à ce que son état se soit amélioré. À l'entendre, on croit d'abord qu'il avoue être responsable des troubles de la circulation causés quelques heures auparavant par un chauffard qui a embouti et à demi arraché un feu tricolore à l'un des principaux carrefours de la ville, avant de prendre la fuite — cependant que derrière lui deux voitures désorientées inauguraient un sanglant carambolage en série.

Lorsqu'on comprend qu'il s'agit de l'acte de vandalisme perpétré une semaine avant dans un terrain vague, on appelle un médecin.

La mère de Fabien s'en va, rassérénée.

À la maison, Fabien, Baudoin et Marc-Antoine l'attendent.

Petit Cancer

1.

Eva a les yeux étonnamment dorés. Mais comme ses cheveux sont toujours devant, ce n'est pas ce qu'on remarque en premier.

Ce jour-là, tout de même, elle avait dû se coiffer, alors je les ai vus un peu. Mais j'ai surtout remarqué sa bouche rouge comme un dessin. Rouge frappant dans un ensemble blond — la peau hâlée puisque c'était septembre — blonde de la tête aux pieds, ce qui ne faisait aucun doute puisqu'elle était toute nue.

A quelques mètres d'elle, il y avait un barbu bedonnant caché derrière un appareil photo. Il est devenu tout pâle. Eva a pincé les lèvres et écarquillé les yeux. Lulu s'est retourné, et m'a dit :

« Pourquoi tu m'as couru après ? »

Voilà. Lulu leur a expliqué qu'ils n'avaient qu'à bien fermer la porte, pasque son ballon il avait ouvert, alors il était entré le chercher, et regarder aussi puisqu'il était dedans, et que Lola, là, elle avait voulu le rattraper, et que c'est pour ça qu'il avait eu peur et qu'il avait renversé le gros vase en bas, et la lampe.

Le gros monsieur est devenu tout gris. Il s'est évanoui.

On a sympathisé en attendant le SAMU. Eva était photographe, moi peintre. L'une comme l'autre, médiocres et inconnues ; l'une et l'autre, modèles à nos heures perdues ; dès l'abord, tout de suite on s'est entendues. C'est même pour ça qu'elle s'est installée à la maison, oubliant à force de séjours biquotidiens de réintégrer son logis. Lorsqu'elle nous a ramené Arthur pour qu'il l'aide à retapisser la chambre, il était net qu'elle se sentait chez elle.

2.

Arthur est revenu, ensuite, assez souvent. En ce moment même, d'ailleurs, il est vautré sur le canapé, un cigare à la bouche, un pied sous le tapis, l'autre entre les mains de Lulu qui lui cire les chaussures avec application et originalité, en rouge avec des voitures bleues et des palmiers dessinés au feutre. Comme Arthur regarde le plafond, il est calme.

À côté d'Arthur est posée son éternelle valise, contenant tout ce qui peut lui servir, et le reste. Au cou d'Arthur pendent une petite croix en or et une amulette en crotte de chameau. On n'est jamais trop prudent.

Arthur souffle quelques ronds bleuâtres au plafond et remarque : « Je ne comprends pas qu'on puisse ne pas croire en Dieu. C'est bien la seule assurance qu'on ait. Pour être sûr d'agir juste et d'être toujours vengé, c'est bien étonnant que des imbéciles rechignent à sacrifier un peu de bon temps. »

« C'est pas pour gagner le Paradis ? » m'insurgé-je, interloquée.

« Je n'y avais pas pensé », remarque Arthur, avant de pousser un cri strident, car Lulu vient de lui mordre le genou.

« Ce n'est pas bien, ce que tu fais là, Lulu. Si tout le monde faisait comme toi, tout le monde serait malheureux, soupire l'éclopé. Excuse-toi, et je te donnerai quelque chose. »

« Pardon, j'lai pas fait exprès », couine Lulu.

Et Arthur sort de sa valise un beau lapin blanc qui s'échappe en quelques secondes, Lulu a ses trousses.

« Je ne comprends rien à ce gamin », constate Arthur.

3.

Ce matin, comme Lulu réclamait à cor et à cri une petite boîte pour enterrer le lapin, qu'il avait par inadvertance étranglé avec du fil à dents, nous avons entamé, Lulu, Eva et moi, la tournée des commerçants.

La fruitière nous a dévisagés, méfiante, alors que nous entrions de front dans la boutique en chantant. Alors Lulu s'est arrêté devant son étalage, il a fait sa tête de petit ange…

Il demande : « Silvouplé, vous n'auriez pas une ou deux boîtes en carton ou bien aussi des cageots pour faire une maison à mon lapin ? »

La marchande se déride : « Un lapin ? Mais tu sais, un lapin ça n'est pas très heureux dans un cageot. »

« Ça m'étonnerait bien qu'il soit malheureux mon lapin ! »

« Bon, c'est possible, mais il pourrait s'enfuir, s'il n'a pas une cage en grillage ! »

« Dans son état ? Alors là c'est pas pour dire mais ça m'étonnerait qu'il bouge ! » Un temps d'arrêt. Il prépare son effet. Ça vient. « Mais filez-moi une boîte à sucre pour mon lapin, si le métal ça vous travaille ! Ou je veux je le mets mon lapin ! Et si ça rentre pas je tasse, un peu je peux ! Je le tronçonnerai mon lapin ! »

La fruitière, hagarde, demeure immobile. Alors Eva glisse, d'une toute petite voix : « Vous savez, c'est un lapin mort… »

Lulu frustré tourne les talons, et comme nous franchissons tous trois le pas de la porte, il se retourne et hurle :

« Saaaaloooope !! »

Puis Lulu a trouvé des cageots empilés, il les a emportés, il était content. Il est rentré à la maison en courant. Il a découpé un rideau en velours pour y emmailloter le lapin — rideau de toute façon dépareillé depuis que le premier de la paire avait été partiellement transformé en toge d'empereur très ressemblante — a massacré les parterres municipaux afin de tresser une couronne mortuaire conséquente.

Ensuite, il a jeté les cageots dans la rue, pensant qu'une boîte à chaussures ferait tout aussi bien l'affaire.

Enfin, il a voulu organiser un repas d'enterrement. Le lapin ne pouvait décemment figurer au menu, puisqu'après consommation il n'y aurait plus rien eu à enterrer. Comme dès lors ses réserves comestibles ne se constituaient que de trente sacs de crocodiles en gélatine et d'un maigre élevage de rongeurs de races indéterminées, auxquels nous avons refusé de goûter, il nous a mis à contribution. Ça n'a pas été difficile de se mettre d'accord sur le plat principal — frites au beurre — mais là, pour le dessert… ça se corse.

4.

« Des fraises ! » hurle Lulu.

Des fraises. Un peu chères, peut-être, en novembre. Ce n'est pas le plus gênant. Le plus gênant, c'est qu'il veut aller les cueillir. Il remue ses petites mains. En hurlant. Des fraises, des fraises ! Maintenant, il se roule par terre, petit frère, rouge justement, en l'absence de fraisier.

Mais tu sais, p'tit gars, les fraises ça ne se cueille pas. Ça se ramasse. Ça vit sur de toutes petites plantes à fleur toutes fragiles appelées fraisiers. Certes. Mais la fraise est un animal vorace. Elle rampe dans les prairies, se cache sous la surface des eaux. Elle s'approche. Elle mord. Elle boit le sang des hommes, d'où elle tire sa jolie couleur rouge, rouge comme tes tempes en ce moment, petit frère. (Parfois elle s'attaque aux animaux, comme la fraise de veau.) Elle est toute petite et puis elle gonfle. La fraise est une sangsue. Vorace. De la pire espèce. On a vu de fringants militaires mourir d'une poussée de fraises. Puis repues elles se carapatent aux champs, collent leur ventouse à une fleur de fraisier sucrée et finissent leur vie, pompant la sève — leur dessert, tu sais — trop lourdes pour se déplacer.

« Ça a de toutes petites pattes ? » demande Lulu.

De toutes petites pattes qui s'atrophient quand elles ne servent plus.

« J'vais en ramasser plein alors, ça s'ra bien fait. Hein ? Si elles sont si méchantes ? »

Tu m'énerves Lulu la fraise elle est pas méchante elle fait pas exprès la fraise sa tête est toute creuse elle en a pas d'ailleurs juste des myriades d'yeux et au milieu à la place du cerveau généralement c'est creux.

« Dis, Lola, comment on les tue ? »

Et tu ris à gorge déployée, Eva, de ta bouche fraise pleine de crocs nacrés. Tu ris, mais surtout tu proposes un animal plus méchant que la fraise, la banane mangeuse de hamster. Lulu, quoique très mauvais en botanique, pressent que tu te moques de lui, que nous nous moquons de lui, et à cause de toi, Eva, il y a eu des tronçons de poulpe vivant au dessert.

5.

Ensuite, Lulu qui avait passé un certain temps à essayer d'allumer les frites au beurre à la flamme de la cuisinière pendant que nous tentions de maîtriser le dessert a suggéré une crémation en bonne et due forme de sa victime, sauf la peau qui pouvait servir à faire un joli bonnet de trappeur. Prises d'une légère inquiétude, nous avons émis des doutes sur la qualité de peau de lapin sorti d'on ne sait où — sinon, il s'entend, de la valise de notre Arthur bien-aimé. Lulu, qui avait déjà commencé à écorcher l'animal, fantasmait sur un bonnet en peau de poulpe quand le couteau de cuisine lui a entaillé la main.

Une fois Lulu pansé, le bûcher du lapin demi-écorché dressé, nous avons pu contempler en papotant un rougeoyant feu de lapin fleurant bon le barbecue et le plastique brûlé, un frisbee figurant malencontreusement parmi les quelques offrandes funéraires que Lulu avait tenues à rassembler.

Tandis qu'assez traumatisé par sa blessure — le médecin appelé dès la fin de la cérémonie avait tout de même pratiqué huit points de suture — Lulu s'était enfermé dans sa cabane pour y méditer, Eva et moi nous sommes attelées à nos œuvres respectives. Je peignais alors une série intitulée « Roustons », Eva travaillait à des nus sportivement contorsionnés.

6.

Comme Lulu n'était pas sorti de son réduit depuis trois jours, nos œuvres avançaient, nos réflexions prenaient de l'ampleur, et nous nous émulions sans trêve. À force de discussions, nous en sommes venues à rêver d'une œuvre à quatre mains, une collection de nus peints d'une portée émotive insoutenable, ou du moins conséquente ; Lulu ne bronchant toujours pas, nous nous sommes risqués à réaliser quelques clichés.

La porte est entrouverte sur le couloir et le sol en damier se déroulant perspective. Du lit j'entrevois le bas blanc des murs. Cette béance gêne un peu. Tout l'inconnu, tout l'imprévu pourrait s'y engouffrer — tout Lulu. D'ailleurs, ça va lui faire une sacrée surprise, à Lulu. Dehors la lumière drue dedans le store baissé. J'ai le ventre à demi couvert de la pâte grasse, opaque et colorée, qu'étale à coups pressés le pinceau précis d'Eva. Tout d'abord le milieu du ventre, puis la couleur gagne les flancs. C'est un trou rouge sur fond noir, avec un petit monstre dedans. Au fond de la pièce il y a le chevalet, une toile esquissée dans la pénombre. Au bas du chevalet, la chemise des vins, plus près de moi une sandale, une seconde sandale, les pieds blancs d'Eva sortant du jean maculé de teintes variées, Eva penchée sur moi, ses mains blondes.

Le pinceau va et vient, léger. Au bas de la porte se découpe un triangle de blanc bleu. J'attrape le poignet d'Eva. Eva arc-boutait pour ne pas se tacher — c'est malin j'ai fait une bavure — une grande bavure jaune en travers de mon sein — comment je fais si ça bave pour rien — et la voix de Lulu derrière la porte : « c'est juste pour les photos ou tu vas sortir toute nue ? »

Tant pis pour la surprise. Le temps de prendre, quand même, les photos, et de décaper ma personne, Lulu, s'étant lui-même peint entièrement en vert, avait découpé des ribambelles d'étoiles dans l'intégralité de trois ans de factures pieusement conservées.

7.

Heureusement qu'Arthur n'a pas tardé à rappliquer, impeccable, souriant, la valise à la main et de nouvelles chaussures aux pieds. Il avait ramené sa bande afin de nous faire une surprise. C'en était une. Presque vexant.

Là, dans le salon, il y a quinze inconnus, vautrés par terre, qui se tripotent en bégayant. À leur décharge, ils ne sont plus conscients. Les cinquante-trois bouteilles de whisky premier prix dispersées sur le sol entre les flaques de vomi le démontrent. Un peu plus loin, sur le canapé, Lulu entouré de trois pédophiles éméchés relate sans se laisser troubler par leurs doigts baladeurs sa dernière récréation — celle où il a mordu un CM2 et la maîtresse qui voulait les séparer. Eva, derrière lui, contrôle le maintien de l'auditoire, armé d'une réglette en bois.

Au moment où, grandiose, il se revoit sautant du toit du préau sur le dos de sa victime atterrée, Lulu se fige. Il s'indigne : «dis donc, ta baguette, là, c'est celle de ma maîtresse!»

Eva sourit. C'est alors que Lulu muet, décontenancé, se rend compte que la belle brune, là-bas, qui roule un patin à Arthur (faut-il qu'il ait bu), c'est justement sa maîtresse. La maîtresse. «Maman!» gémit Lulu, et, tout rouge, il se rue dehors. Eva hilare se dirige tranquillement vers l'abri de jardin où Lulu s'est enfermé, et lui murmure : «T'es amoureux, t'es amoureux-eux...».

Ce qui, en soi, n'est pas malin. Lulu réapparaît en furie, et rugit : «c'est ma maîtresse à moi d'abord, pas Arthur!»

C'est vrai, mon petit Lulu. La maîtresse d'Arthur s'appelle Achille, à la des moustaches, et les tendons fragiles. Ce qui n'est pas drôle. Tu vois. Rasséréné, Lulu me fait une bise — «tu vois, ben, elle a fait ça pour m'embêter, hein, la maîtresse.» — Et monte se coucher en s'essuyant les joues.

À cet instant retentissent les hululements voluptueux de la maîtresse qui, profitant de notre inattention, se laisse aller, avec Arthur, à des privautés peu convenables.

8.

« Morue ! » S'exclame Lulu éperdu.

« Hareng saur », renvoie mollement Eva.

« Ouais ben la maîtresse èmacollé, sanglote Lulu. Pasqu'elle m'a donné cent lignes et j'y ai dit "de coke?" Et ê m'a répondu "deux cents" et j'y ai répondu "c'est l'overdose" et j'm'ai roulé par terre et alors même que j'avais pas commencé en vrai c'est Adolphe qui m'a piqué ma trousse parce que j'y avais dit qu'il était pas cap et alors y m'a dit »

Eva sort posément ses bouchons d'oreille. Au moment où elle enfonce le premier, la sonnette du portail retentit.

– Bonjour Madame, euh… sauriez-vous m'indiquer par hasard s'il vous plaît je vous prie où se trouve peut-être le numéro trois de cette jolie rue ?

– En face, répond Eva. Lulu renifle.

– Effectivement, c'est exact. Ce gentil garçon un gros chagrin ?

– Il est amoureux de sa maîtresse, explique Eva

– Même pas vrai, s'offusque Lulu.

– Si je ne m'abuse, votre maire est de gauche ?

– Oui ?

– Puis-je vous si vous êtes pauvres ?

– Non.

– Donc vous êtes riches ?

– Non, vous ne pouvez pas me demander.

– C'est juste parce que dans les communes de gauche, voyez-vous, je l'ai remarqué, n'est-ce pas, les gens font exprès d'être pauvres, pour avoir les allocations, alors qu'ils sont riches, voyez-vous, en fait. Ils font exprès de gagner peu et ensuite, grâce à leur stratagème diabolique, ils roulent en Mercedes, c'est révoltant.

– Pardon ?

– Ne vous excusez pas, c'est la vie, je comprends.

– Hein ?

– Non, vraiment je ne savais pas que c'était si dramatique, n'est-ce pas. Vous m'ouvrez les yeux. En Mercedes, dites-vous ! C'est incroyable ! Parfois, aussi, savez-vous, ils volent les enfants…

Le portail claque. Derrière on entend encore quelques éclats de voix, et devant, il y a Lulu qui grogne : « Même pas vrai ! »

9.

Le lendemain Lulu était introuvable. Heureusement, après d'harassantes recherches, nous avons découvert un papier punaisé au poteau électrique du coin de la rue, disant :

Eva ét méchente et Lola osi. Je sui un enfan marthire. Adieut.

On l'a vite retrouvé au bureau de la Ddass–d'ailleurs l'employée, frisant la crise de nerfs, s'est empressée de nous le rendre.

Ce n'est que ce matin que la facture — un bureau tailladé au cutter, le papier peint décoré au tampon encreur et les toilettes bouchées avec un hamster — nous est parvenue.

Eva, pleine de ressources à son habitude, leur a signifié que s'ils insistaient, nous nous ferions un plaisir de leur envoyer Lulu afin qu'il répare ses quelques maladresses.

À midi, ils nous ont téléphoné pour nous assurer que nous pouvions considérer comme nulle et non avenue une requête qui ne devait son existence à une malencontreuse série d'erreurs humaines, de hasards malheureux et de manœuvres variées visant à discréditer subrepticement l'institution.

Eva leur a conseillé une sérieuse épuration, à commencer par la jeune personne qui avait manifestement poussé notre pauvre Lulu aux pires extrémités, prouvant par là son incapacité à gérer le terrible sentiment d'impuissance d'un enfant précocement aux prises avec le désespoir — puis elle a raccroché, rassérénée.

« Y'a pas de raison qu'il y ait que nous qui en bavions. »

En vérité, en vérité. Lulu devrait être pris en charge par la Société. Et nous, on nous verserait une pension. Je vais écrire au ministère.

10.

Deux ou trois fois encore, la dame qui cherchait le numéro trois a sonné. Elle voulait savoir s'il allait pleuvoir, où était le numéro neuf, et si cette jolie Mercedes noire, là devant, était à nous.

D'abord elle nous expliqué combien ç'avait été dur pour elle de réussir dans la vie, parce qu'elle était une femme; par conséquent elle tenait à nous assurer de son soutien certain. Puis elle est revenue nous signaler qu'elle n'était pas comme ces gens qui croient que tout va nous tomber dans le bec tout cuit, mais qu'il fallait beaucoup prier pour avoir une maison, un jardin et pas d'ennuis comme ils en arriveraient sans doute, car les jeunes d'aujourd'hui ne savent plus rien, l'autre jour dans la rue j'en ai rencontré un qui n'a pas pu me dire qui était Chassepot, et ils ne cèdent même plus leur place aux dames, les grands garçons, un jour ils seront vieux ils verront, nous regrettons d'avoir perdu leur jeunesse bêtement quand ils seront sages, ça oui, ils regretteront leur jeunesse, oui, il faut que je les prévienne, vous avez raison.

Alors on a décidé de piéger la sonnette. Je suis descendue installer un système électronique de fortune, astucieusement bricolé par Eva, destiné à provoquer l'explosion d'un pétard, d'une boule puante et d'une bombe à eau de part et d'autre portillon incriminé.

11.

– Excusez-moi, vous n'auriez pas besoin d'aide, par hasard ?

Je me retourne à la vitesse de la pédalette à roulettes emballée et éructe « je crois pas, crotte de rat ! » avant même de me rendre compte que ce n'est pas la même dame que d'habitude. Je m'enquiers poliment des raisons de son intervention — elle n'a rien à faire nulle part où aller — et lui propose, histoire de passer le temps, de me seconder dans la mise au point de mon système de sécurité.

– Et vous faites quoi ?

– Je piège ma sonnette.

– Mais… si vous avez des amis qui sonnent…

– Hein ? Mes amis ne sonnent jamais. Ils grimpent au grillage si c'est fermé.

– Et si, mettons, c'est le facteur, ou quelqu'un perdu, je ne sais pas moi, un représentant de commerce, ou un policier par exemple ? C'est embêtant de traumatiser un policier innocent non ?

– Oui… mais de toute façon c'est dangereux ici… à tout prendre il vaut mieux être fixé tout de suite… sinon, avec Lulu qui attaque… pas toujours, remarqué… selon l'humeur…

– C'est le chien ?

– Pas du tout.

– Ah… bien… je vais peut-être voir si on me reçoit ailleurs, vous avez l'air… occupé… mais vous vous rendez compte que j'aurais pu sonner ? C'est dangereux votre truc enfin ! Mettez un écriteau je sais pas ! Y va vous arriver des conneries avec ce machin !

– Vous savez, les conneries, c'est pas de l'extérieur qu'elles risquent de m'atteindre… et puis c'est surtout dissuasif comme engin… d'ailleurs, quand j'y pense, ça va embêter Lulu… de plus voir personne sonner… de plus les effrayer… mais vous voulez peut-être entrer ?

— Oh non, merci, je crois que je vais vous laisser… je vends des choses au porte-à-porte vous savez… plusieurs portes…

— Soyez pas timide…

Ça se voit qu'elle mangerait bien une part de gâteau. Si Lulu ne l'a pas terminé. Mais Lulu est humain, quand même. Il n'aura pas réussi à engouffrer tout seul une pièce montée prévue pour dix personnes. On a ça.
– Qu'est-ce que vous vendez au fait ?
— Des poèmes.
— Des poèmes ! Quelle idée épatante ! Vous y arrivez ?
– Je ne sais pas vraiment, je viens de commencer...
– Et dire que j'ai failli vous faire éclater boule puante au nez !

Lulu choisit cet instant précis pour émerger de la haie, drapé dans sa cape en rideau, une couronne de fleurs sur la tête — vingt roses trouvées par extraordinaire dans un grand vase au beau milieu du salon.
– Paniquez pas, c'est le petit monstre.

Lulu me tire la langue — c'est pas vrai je suis pas petit espèce de truie — puis, langue pendante, dévisage la fille. Et la fille tire aussi la langue.
– C'est vrai qu't'es poète ?
– Euh...
– Les vrais poètes, y sont morts d'abord, et puis en plus c'est des meussieux et puis y sont moins fort que moi, parce que je t'en fais des poèmes mêmes si tu veux, parce que la maîtresse elle trouve que c'est bien et mes copains aussi trouvent mais c'est pas les mêmes parce que ce que mes copains y zaiment, y parlent du cul d'la maîtresse et tout et je peux pas lui dire à cause qu'elle en a lu un et pis après ê m'a puni et m'a interdit pasque
– Prouve-le, tête de nœud, rétorque-t-elle.
– T'as quel âge, d'abord ? Tu viens dans ma cabane ?

La poétesse disparaît au fond du jardin.

J'ai fini de remonter la sonnette. La nuit tombe. Il fait bleu. Une odeur de feu de feuilles flotte dans l'air froid. Les arbres sont tout argentés. Les réverbères orange. La fenêtre de la cuisine aussi, et je m'y précipite — trop tard. À eux deux, ils me l'ont nettoyée, ma pièce montée. Ou à trois, veut que sous la table il y a Eva qui lit l'avenir de la poétesse dans les lignes de son pied.
— Tu t'appelles Charles, tu as dix-sept ans, deux enfants, tu professeur de géographie et ta ligne d'amour est super.

— Je m'appelle Charles, mais c'est Lulu qui te l'a dit, et quant au reste a tout faux.

— Bien entendu, je me trompe toujours.

— C'est une garantie. Tu m'inquiètes pour ma ligne d'amour.

— C'est peut-être le passé ; jusque-là c'est comment ?

— Bah c'est tragique… c'est pour ça que je suis là d'ailleurs… mon mec m'a jetée de chez lui… remarque c'était pas un cadeau ce type… une plaie… j'ai pas encore trouvé où crécher, j'ai pas un rond et si j'en avais, ce serait pour publier mes poèmes.

— Si tu veux, tu peux être ma sœur, propose Lulu.

— Mais alors on pourra pas se marier, argue Charles.

— D'accord ! Hurle Lulu. On va se marier ! Tout de suite !

Étonnant comme ce petit et versatile. Hier encore il voulait étriper Arthur qui avait, semble-t-il revu la maîtresse — en nombreuse compagnie il est vrai, mais Lulu en est venu à se méfier de ce genre d'excuses. Arthur, au demeurant, sera ravi d'avoir la vie sauve.

— Pas avant ta majorité, remarque Charles.

Pour l'instant il va falloir se contenter d'un concubinage.

Lulu reste pensif.

– Et tes poèmes, c'est quel genre ? lance négligemment Eva afin de rompre un silence lourd d'enfantines inquiétudes.

– Je vous en lis ?

Charles rayonne tout à coup. Et Lulu trépignant scandant « les po-èmes ! Les po-èmes ! Les poé-zizis ! » Ça se précise. On sent qu'on va la garder, l'amoureuse de Lulu. Elle a l'air de comprendre combien elle va être utile, et tripote, le sourire en coin, le cœur en chewing-gum que lui a candidement offert petit frère. Ses textes épars devant elle, elle savoure — elle attend. Puis, posément, entame la lecture.

Sonnée

Un jour alors que l'ambulance

Crissait à chaque dérapage
Tout en clignotement et nuages
De tendres combustions d'essence
Je vis.

Je vis! Je vis un grand pou vertical
Couvert de sourires gigantesques
Et clamant d'un ton pédantesque :
« J'aime Dieu et le Gardénal ! »

Alors mon sang ne fit qu'un tour ;
Je lui déclarais mon amour
En un bout rimé singulier.

Il me caressa les cheveux
M'embrassa et, baissant les yeux,
M'avoua qu'il était marié.

– Second poème, annonce Charles.

Poème *Je suis le grand vagin à pattes*

Odoriférant et primaire
Je souris de mes lèvres rouges
Aux regards bleuissants des mâles.

Je suis le grand cerveau céleste
Et la goule au ventre affamé
Je suis l'aigle aux ailes éployées
Venez vous réfugier sous elle.

Pour mes protégés, du mépris
À peine teinté de tendresse
Pour les autres de l'appétit
(De mon bec, je les caresse.)

Je suis fort belle et je les mange
Ces enfants blonds plus grands que moi
Je suce leur sang goulûment
Ne laissant que coques de noix.

Je suis fort bonne et je les ouvre
D'un coup de mes serres acérées
Afin que le monde découvre
Soudain ils se sentent embrassés !

C'est alors que leur feu me chauffe
Doucement je peux reposer.

– C'est joli, dit Eva. C'est tiré de ton expérience personnelle ?
– Assez, oui, accorde Charles. Mais tu sais, la poésie, ça transforme toujours un peu les choses.
– Oui, bien sûr, tu sublimes, tout ça…
– Sublime, assène Lulu.
– Je continue ? Ça s'appelle « Apollinaire »…
Les joues rosies, elle grandiloque :

Violence des vertiges vides
À la vue des valses vibrantes
Les serpents assoupis sifflent
Un concerto pour cons certains…
Vieilles envies vertes à vif
Suppurant de soupe à purin
Sur les sols sales et salés…
Aux marais morts immobiles
Où vit le vent mouvant

Macabres morts-vivants
Squelettes ankylosés
Dans les vrilles des vignes
Le vin nouveau naît…
Le sang s'en va, sans s'en va,
Ne pleurez pas.
Les sonnets solitaires en somme
Me somment de les défaire
Et résonne leur écho de fer…
Raisonne raisonne raton
À pas pesants perdus de crabe
En pensant
Aux voyages incertains aux rivages lointains
A hier à aujourd'hui
Et peut-être à demain
À ton ennui d'ici
Et à celui d'ailleurs
Au pire et au meilleur
Comme murmurent les mariés en blanc
Dans les rêves bleus des enfants.
Et les sorcières fières et seules
Grincent des dents leurs engrenages
Sous leur crâne où bout le carnage
Filent les fils des Parques veules
Injectant le venin subtil
Au sein suave imbécile
Giguez giguez tendres biques
Plutôt qu'attendre de gagner
L'avenir à venir
Existence expansée
Ex pensée
Chacun sait
Que vivre le présent est un investissement important
Souvenirs pour l'avenir
A vendre à jeter achetez

C'est un choix
Un tiens vaut mieux que deux tu l'auras

– Pourquoi Apollinaire ? Demande Eva.
– Je ne sais pas. C'est venu tout seul. C'est de l'écriture semi-automatique, tu vois.
– Intéressant…
– Le concept de base c'est la généralisation d'une certaine dérision qui envahit tous les niveaux de la pensée, de l'écriture — le pour et le contre, tout à la fois…
– Intéressant… on en reparlera… je te montre ta chambre ?

Moi, j'en aurais bien entendu d'autres encore. J'allais insister, mais Lulu a emmené Eva d'autorité. Il venait de se rappeler que Charles lui avait promis de venir dans sa cabane dès qu'ils auraient fini le gâteau. Elle devait lui apprendre le principe du piège à ours canadien.

Deux jours après, Lulu a décrété l'installation couple immédiate ; Charles, arguant de son lourd passé sentimental, a négocié un délai. Une clause du traité — dont le contenu nous reste, à Eva et à moi, en grande partie inconnue, c'est tout naturel — stipulait que Charles, en signe d'intégration au sein de notre petite famille, serait chargée d'animer les soirées et d'endormir Lulu à l'aide d'un conte quotidien. C'est ainsi que Charles a abandonné la poésie — le soir même, nous avons eu un premier aperçu de ses talents de conteuse :

– La petite Mallette, dit Charles. Il était une fois, il y a bien longtemps dans notre bonne vieille capitale, d'une enfant qui ne répondait pas à l'étrange nom de Mallette : en effet, la pauvre petite était muette. Et comme un malheur n'arrive jamais seul, Mallette était née totalement écorchée ; une petite fille toute rouge, pré-équarrie, dont le tendre regard luisait entre divers muscles couleur bifteck, toujours suintants, au-dessus desquels couraient des veinules roses et bleues. Sa mère, accouchée de ce fruit étrange, la regarda interloquée. Cependant, bonne pomme, elle prit contre elle cette enfant pelée. Alors Mallette écarquilla les yeux d'horreur sans proférer un son, d'horreur et de désespoir. Le corps de sa mère contre elle la brûlait atrocement…

– Une autre, murmure Lulu, somnolant déjà.

– Sous la fenêtre, chaque soir elle entend siffler celui qu'elle attend. Ce soir, elle lance un couteau pointu.. C'est un terrible accident. Depuis six mois, c'était son amant. Merveilleux amant. (Il ne faut pas s'habituer.)

Lulu, bouche entrouverte, dort, bienheureux.

12.

Dans le courant de la semaine, nous avons écouté l'histoire de Puce, la vieille dame mangée par ses chiens, d'Ophélie, noyé dans un verre d'eau — « les deux bras collés au corps, elle s'est enfoncée ; l'eau a chassé toute la poussière accumulée ; l'eau a rempli tout le vide qui l'effrayait... » J'en oublie, j'en oublie... il y a aussi Saturne, tiens, jolie celle-là. Je vais la recopier... Charles laisses ses brouillons n'importe où...

« Je m'appelle Saturne. Je voudrais vous demander pardon, pardon. Cette forêt était si sombre... c'est bien dangereux, l'ombre, parfois. Je vous avais suivi de loin. Jusqu'au bord de ce précipice. En tombant vous avez crié. Alors je l'ai vue accourir, d'où ? Elle s'est penchée, précautionneusement elle, elle vous a appelé doucement. Nous sommes restés longtemps immobile. J'écoutais ses sanglots. Je me suis approché. Elle, muette, recroquevillée dans la lumière de ma lampe torche soudain allumée, "qu'est-ce qui t'arrive ? Tu es perdue ? Pleure pas comme ça, je vais t'aider, n'aie plus peur..." je me suis penché vers elle doucement, je tremblais comme elle. Elle m'a raconté, mon frère, il est tombé. Si triste. Je n'aurais pas dû, bien sûr. Je l'ai ramené au village. Aux parents m'ont écrit pour me remercier.

Non, je n'aurais pas dû vous pousser. »

13.

Au bout d'une vingtaine de comptes, Charles a envisagé une carrière internationale et, pleine d'enthousiasme, est allée voir un éditeur de livres pour enfants, ses manuscrits sous le bras, en réfléchissant à la dédicace négligemment méprisante dont elle ornerait l'exemplaire qu'elle comptait bien envoyer à son ex.

Hélas, l'éditeur était coriace. Au bout de deux refus et demi (Charles tablant sur la diversité des comités de lecture, avait déposé son manuscrit sous divers noms d'emprunt, et sa troisième tentative était en train de mal tourner, les premiers pages ayant vaguement rappelé quelque chose au lecteur), le grand maître opposant à ses demandes de rendez-vous les mieux tournées un silence laconique et néanmoins pesant, Charles a résolu d'utiliser la manière forte.

Moulée dans un tailleur fort seyant, pourvue du porte-jarretelles en règle, et s'étant de surcroît munie de son CV format raisin, de photos de l'éditeur nu couché sur sa maîtresse en plein bois de Boulogne, achetés à prix d'or à une secrétaire intérimaire, et d'un pistolet de la dernière guerre récemment exhumé lors de fouilles du jardin, qu'elle maîtrisait modérément bien, elle se lança. Nous l'attendions dehors, afin de fêter ça, ou de la panser.

Le temps passant, nous avons dû ligoter Lulu qui, éperdu d'angoisse, tentait d'avaler des petites cuillères — et, s'étant calmé, il chantonnait des listes d'insultes impressionnantes en remuant béatement la tête. Alors qu'il venait de trouver un nouveau jeu — gémir et hurler «Aidez-moi! Mes maîtres m'ont abandonné» — nous avons vu réapparaître Charles, rose ébouriffé.

«Salope...» a grogné Lulu, tandis que Charles bafouillait: «Il m'a violée», et de s'expliquer.

«J'ai eu du mal à trouver le bureau. Personne n'a voulu me l'indiquer au début. Faut dire que j'étais entré discrètement par la porte des cuisines, et les cuisiniers, y z'étaient un peu évasifs sans que ça m'étonne vraiment, quant à la localisation des bureaux.. Bon. J'ai mis du temps à comprendre que cette tout bonnement les cuisine de la brasserie d'à côté. Ensuite... je suis rentrée pour de bon, avec les livraisons de papier. J'ai expliqué à la première personne que j'ai trouvée que j'étais un nouvel auteur tout à fait égaré, et puis à toutes les autres personnes que j'ai rencontrées, et à la fin, un jeune auteur très sympathique a accepté de me peloter. Euh, de me piloter. Malheureusement je lui ai avoué que je n'avais pas reçu de réponse positive. Il est devenu tout vert. J'ai dû lui faire un peu de bouche-à-bouche, ça m'a ralenti, mais bon, il m'a de nouveau guidé. Morose, quand même.

« Pour pénétrer dans le bureau du directeur, ça été tout seul ; il y a un premier bureau avec la secrétaire, une antichambre, quoi. J'ai juste fait un clin d'œil à la dame bulle en le glissant : « Gaston est là ? », Histoire que ça fasse naturelle, si elle entendait des cris, genre scène de ménage. Le hic, c'est que c'était elle, la maîtresse. Je l'ai reconnue une seconde trop tard, les photos sont pas si nettes. Elle m'a balancé une beigne. Je lui ai promis qu'elle me le paierait, et j'ai passé triomphalement la porte pendant qu'elle s'effondrait en pleurant sur sa chaise, prise de hoquets.

« Là, nouveau problème : le directeur dormait. J'ai eu beau le secouer, rien à faire, tonique comme un boudin. J'ai bien pensé le claquer, mais ça me paraissait un peu cru comme début. Et puis ça l'aurait peut-être mis de mauvaise humeur. J'ai réfléchi, assise sur un coin du bureau… pas facile avec ses ronflements… Tous ces bibelots accumulés sur sa table donnaient furieusement envie de casser un truc… J'ai résisté… Fallait jouer serré… J'ai fini par décider de faire sobre, je suis allé lui beugler son petit nom dans l'oreille. Le temps qu'il ouvre les yeux, j'étais tout sourire à 2 m de lui, genre j'entre à l'instant, une main sur la poignée de la porte. On s'est assez bien entendu, en fait. Il restait un peu somnolent, sa rapidité de réflexion s'en ressentait un peu, il disait pas grand-chose et il me regardait dans le vague, j'en ai profité pour lui démontrer qu'il fallait qui m'offre un contrat, mais ça s'est gâté au moment critique, quand il a appelé la secrétaire pour qu'elle lui fournisse l'imprimé adéquat…

Elle a accouru, hystérique, braillant que j'étais une pouffiasse, qu'elle savait bien pourquoi j'étais venue, et elle s'est jetée sur moi en couinant des tas d'insultes. Mon sac s'est renversé, évidemment le flingue est sorti, le type tremblait, il a essayé de s'interposer, elle a ramassé le flingue, elle chialait, elle l'a braqué sur le type en chialant, je comptais en profiter pour m'éclipser tranquille, mais elle m'a visée aussi, carrément cinglé, et elle lui a balancé : « Eh ben vas-y saute-la c'est pour ça qu'elle est là ! Vite où je tire ! » Le mec m'a couché par terre timidement, et puis bon, il s'est déboutonné, il s'est mis à chialer aussi en s'affalant sur moi, moi j'ai dit : « dès que vous aurez le zizi dur ça vous ennuierait de mettre un préservatif ? » À peine j'ai dit ça, la vie s'est écroulée sur la moquette, une vraie loque, il s'est précipité pour la consoler, il m'a rendu le flingue, hargneux, « c'est malin vos magouilles, c'est malin ! Petite conne ! C'est pas publiable vos conneries, ça vaut pas un clou ! » À ce moment les gens ont commencé à rappliquer des bureaux voisins, attirés par le bruit, j'avais plus qu'à quitter les lieux en vitesse…

— Dis, a dit Lulu Lulu, finalement on va pas se marier.
— Tu as rencontré quelqu'un d'autre ?
— Je vais pas me marier avec un auteur qu'arrivent pas à se faire publier !

14.

Je ne pense pas qu'il y ait eu chez Arthur une volonté délibérée de nous tenir à l'écart ; plutôt de la timidité, une maladresse bien excusable. Ce jour-là la maison était vide : Eva ayant été embauchée par une agence de publicité pour photographier divers types de hamburgers passait ses journées à l'extérieur depuis presque trois semaines ; d'autre part, j'étais allé en fin de matinée au commissariat chercher Charles, qui avait piqué une crise de nerfs alors que deux policiers tentaient de l'empêcher de placarder sur les murs de l'école primaire ce poème néoréaliste dont elle pensait le plus grand bien :

Mes roustons

Mes roustons
Sont fermes et lisses et roses et blonds
Lourds en leur outre couturée
Au cul tendu, au cul nacré
Et aux incertains plis violets
Mes roustons !
Leur peau fine grouille et se brouille
Mue et remue flux et reflux
Se contracte en résille drue
Puis s'épanouit ô floraison cyclique
En une nappe bubonique
Mes roustons !
Jamais lassants
Jamais lassés
Ni délaissés
Mes roustons.

Ce jour-là, donc, la maison était vide, mais Arthur s'est-il contenté d'assouvir des pulsions devenues incontrôlables en notre absence — auquel cas ce garçon est dangereux — ou a-t-il mûrement pesé le pour et le contre, considéré les nécessités de l'éducation de Lulu, décidé de se charger de lui inculquer ce qu'aucune de nous ne pouvait vraiment lui apprendre — bref, a-t-il choisi de mener à bien une tâche depuis longtemps prémédité, ne se taisant que par modestie, ou peut-être pour nous faire la surprise, ou encore pour éviter de paraître ridicule en cas d'échec trop flagrant, quand il a tenté de sodomiser Lulu?

Quoiqu'il en soit, Arthur n'avait pas à se vanter de grand-chose lorsque je suis rentrée, traînant une Charles passablement défaite. Lulu courait tout autour de sa cabane en hurlant, Arthur à ses trousses, jusqu'à ce que, me voyant, il se précipite sur moi, tout dépenaillé et suant:

«Y'a Arthur y veut mett'sa langue dans ma bouche!! Et c'est tout gluant et ça a pas bon goût et il veut quand même!»

Ce voyant, Arthur pensif s'est gratté la tête et a conclu: «décidément, je ne comprends rien à cet enfant…» avant d'extraire de sa poche un canif nain dans son étui d'Astrakhan frisoté qui calma immédiatement sa victime.

15.

Arthur ne s'est pas avoué vaincu, alors même que ses tentatives d'enculade dans le jardin désert s'étaient soldées par un échec assez flagrant pour que je le crusse dégoûté ; d'autant que, la surprise passée, Lulu nous a gratifié d'un récit détaillé et sans cesse bourgeonnant, dont l'homérique héros, prouvant une valeur qui n'avait que faire du nombre des années, triomphait d'un Arthur énormément satanique, Arthur qui avait appâté sa victime à l'aide d'une broyeuse à hamster, s'était jeté sur l'enfant en essayant de le pénétrer, mais, conformément aux meilleures études médicales, avait éprouvé assez de difficultés pour tenter de plus facile expérience, avait retourné Lulu déculotté sur le dos, écopé d'un coup de pied artistement placé, et tout fulminant avait cependant essayé de se payer d'un humide baiser, ce dont le petit furieux avait profité pour parfaire son opération brise-couilles d'un précis plantement d'ongles. Et puis, Arthur recroquevillé de douleur l'avait laissé s'échapper, et poursuivi, et alors j'étais arrivée, asseyant définitivement la victoire de mon frère.

Pendant que Lulu, entre deux versions de l'aventure, s'entraînait au maniement de son petit couteau, et que nous nous félicitations qu'Arthur, quels que soient ses torts, n'ait pas choisi de le lui offrir avant l'acte, ledit Arthur fomentait un coup pendable.

Il a décidé d'acheter des préservatifs parfumés au coca.

Alors Lulu et lui se sont réconciliés et Charles s'est renfrognée.

Charles, qui mange comme quatorze et ne publie rien du tout, Charles, qui coûte cher en affiches et plus encore en décollage d'affiches, Charles tirait sa raison de vivre — de vivre ici du moins — de son étonnante autorité sur Lulu. Et voilà que Lulu, déjà refroidi par les échecs éditoriaux de son élue, s'est totalement détaché d'elle, et ne répond ni aux « viens là que je t'embrasse » ni au « viens là que je te fouette » qu'elle a pris l'habitude de placer au milieu de nos conversations. Alors Charles s'affole.

Hier par exemple, alors qu'Arthur nous avait confisqué Lulu depuis plus de trois heures, elle les a découverts jouant au dompteur — Lulu, dans le rôle du lion, s'étant vu promettre en récompense de ses efforts une séminale gâterie, ne ménageait pas sa peine et rugissait en rampant au pied de son maître. Sans plus attendre, Charles nous a forcées, Eva et moi, à jouer au dompteur aussi... deux heures de reptation pour camoufler sa défaite ! Ses hurlements de petit chef — en allemand s'il vous plaît — m'ont mise assez mal à l'aise : ça se voit qu'elle est malheureuse...

Alors, alors... on pourrait s'en débarrasser bien sûr., la mettre dehors par la ruse ou par la force ou la faire disparaître encore d'autres façons. Fatiguant, tout ça. Tu ne pourrais pas, petit frère, te partager un petit peu ? Non, il va falloir se séparer de Charles, agir, réfléchir... je pourrais commencer par finir d'en profiter... L'odeur de sa peau, ses longues mains et tout... Elle peut encore servir, notre Charles. Je l'utiliserais bien encore, moi. Avec ses airs de dompteur elle serait bien excitante. Si seulement y croyait. Mais maintenant on ne peut plus guère l'utiliser que comme martyre...

Allons, allons. On ne peut pas passer sa vie à faire des partie à trois (ou à cinq, on peut rêver... si seulement cet Arthur n'était pas si cachottier !) ; D'abord, il y a d'autres gens. Ensuite, il y a l'art. Enfin, il faut manger.

16.

Je le savais, je le savais! Charles s'est teint les cheveux en rose, elle a dessiné un Christ en croix sur le mur du salon, elle a découpé les fauteuils à la scie à bois et, tout en s'aspergeant d'un bon demi-litre d'essence, elle a gémi : «Où… où sont passées les allumettes…?»

Comme elle ne les a pas trouvées, elle s'est assise par terre en marmonnant «m'en fout, m'en fout, m'en fout» pendant que Lulu farfouillait dans les tiroirs à la recherche des allumettes perdues.

Et puis, tout soudain, elle s'est levée, a déclaré qu'elle nous emmenait tous à l'aventure, la vraie, fantasticosmique, loin des minableries sodomites et des orgasmes concertés, et, se traçant à coups de pied un chemin à travers les débris de meubles, elle est descendue à la cave où nous nous sommes dépêchés de la suivre. Le sous-sol était inondé depuis deux mois, et la progression délicate; nous avons failli perdre Arthur et Lulu, le premier semblant prendre un grand plaisir à immerger le second le temps de finir la petite pipe que les jeux de Charles avaient malencontreusement interrompue. Pendant que Lulu hoquetait en crachant de l'eau et qu'Eva cognait Arthur, qui apprécie beaucoup cela aussi, Charles a atteint le mur du fond et nous a appris qu'après diverses aux études, elle avait découvert qu'il était mitoyen de celui des voisins, que les voisins avaient une pompe, et qu'il ne tenait qu'à nous de faire traverser la mare, à l'aide de divers instruments corrodés mais encore efficaces tels que la hachette et le piolet qu'elle a retirés illico de la vase.

Conquis, nous nous sommes activés tandis qu'elle nous contemplait.

Lorsque l'eau s'est précipitée en cataracte dans la cave d'à côté, nous nous y sommes laissé entraîner, ravis. Bien nous en a pris, car par un phénomène que je ne m'avancerai pas expliquer, notre maison s'est effondrée aussitôt sur la maîtresse d'œuvre qui a vraisemblablement péri sous les décombres, à en juger par la couleur soudain vermeille du torrent et les petits bouts de crâne aux duvets roses qu'il a rapidement charriés. Il ne nous restait plus qu'à gagner discrètement les étages. Nous nous y sommes employés.

En haut, il n'y avait personne.

C'est pour ça qu'on y est toujours. D'abord, on s'est un peu débarbouillé; la boue sanguinolente, ça pèse, et puis on n'en mettait partout, même sur ce qu'on a trouvé à manger. Il n'y a pas tant que ça à manger, d'ailleurs ; enfin ça suffira pour la soirée, et puis Arthur qui a le cœur sur la main nous a proposé une petite enculade à Eva et moi pour nous ragaillardir... on est tranquille, les voisins sont gentils, ça m'étonnerait qu'ils nous en veuillent s'ils rentrent avant qu'on soit parti, mais la situation reste peu propice à l'épanouissement — le genre de cas où il faut NECESSAIREMENT fermer les yeux pour arriver à l'orgasme.

17.

Alors on a percé le mur du premier étage, du côté de chez nous. Et derrière, il n'y avait rien. Enfin, presque. Il restait des petits bouts de papier peint.

On est descendu en rappel, à l'aide d'à peu près tous les draps de lit. Eva est passée à la fin et s'est ouvert le pied sur un bout de vitre, quand les draps se sont déchirés. Ça lui a fendu l'ongle. C'est drôle.

On est allé dans la cabane à outils au fond du jardin, on s'est effondré par terre entre les cages de deux cent soixante rongeurs entassés, passablement sales et déshydratés, et même morts dans certains cas — et on a dormi jusqu'au lendemain.

18.

Au réveil, il y avait une lettre à ma droite, toute propre et artistement calligraphié, qui disait :

« J'ai longtemps réfléchi aux conséquences d'un acte qui me semble, encore aujourd'hui, je puis l'avouer, bien téméraire. Certes, Lulu t'es lié, Lola, par ce qu'il y a de plus indéfectible et de plus sacré : les liens du sang. Cependant, il respire auprès de toi les miasmes délétères d'un esprit en décomposition. Aussi me suis-je résolu à l'arraché à ton influence néfaste. Ensemble nous couleront des jours heureux.

Pardonne-moi.

Ton Arthur dévoué »

Quant au sang, il me semble que lui aussi s'est baigné dedans, dans la cave, mais allez savoir avec ce garçon… enfin, il sera peut-être une meilleure mère que moi… et puis d'en être débarrassé cette même soulageant ! Comme ça on sera tranquille avec Eva. Un petit couple popote, je me suis dis, ça doit être formidable… tout de suite j'ai voulu le dire à Eva, mais là où elle s'était endormie la veille, il n'y avait qu'une enveloppe à mon nom — celle de la lettre d'Arthur sans doute — et derrière elle avait griffonné : « j'emporte ton chapeau. »

Alors… puisque c'est comme ça, ici y'a plus rien, je m'en vais aussi…

Table des matières

Préface ——————————————————— 5

Chrysalide ——————————————————— 7

Première partie : le hangar 7
1. 7
2. 18
3. 25
4. 33
5. 37
6. 43
7. 45

Deuxième partie – la grande maison 49
1. 49
2. 56
3. 60
4. 63
5. 66
6. 69
7. 72
8. 77
9. 81

Troisième partie – la chambre close 87
1. 87
2. 92
3. 94
4. 96
5. 99
6. 102

7.	106
8.	108
9.	111
10.	116
11.	121
12.	123
13.	125
14.	126
15.	130

Quatrième partie – Dehors ?	**131**
1.	131
2.	134
3.	138

Bonbonne — 141

Premier mouvement	**141**
1.	141
2.	145
3.	146
4.	147

Deuxième mouvement	**149**
1.	149
2.	151
3.	154

Troisième mouvement	**159**
1.	159
2.	160
3.	164
4.	166
5.	169

6.	*170*
7.	*174*

Quatrième mouvement … **177**

1.	*177*
2.	*178*
3.	*180*
4.	*182*
5.	*184*
6.	*185*
7.	*186*
8.	*187*

Petit Cancer — 189

1.	*189*
2.	*190*
3.	*191*
4.	*193*
5.	*194*
6.	*195*
7.	*196*
8.	*197*
9.	*199*
10.	*200*
11.	*201*
12.	*209*
13.	*210*
14.	*213*
15.	*215*
16.	*217*
17.	*219*
18.	*220*

Achevé d'imprimer en novembre 2022

Directrice des publications
Pascale Privey
Assistants de publication
Catherine Delvigne, Jeanne Richomme, Emmanuel Tugny
Conception graphique
Julien Vey - Atelier Belle lurette

Dépôt légal en octobre 2022

Imprimé et relié par
**BoD – Books on Demand,
In de Tarpen 42, Norderstedt (Allemagne)**
Impression à la demande

ISBN 978-2-494506-02-2
©2022, **Ardavena Éditions**

www.ardavena.com